這一刻的愛。

—慈大附中慈懿15紀實—

序一

慈懿有情 親子聚愛

慈濟大學附屬高級中學校長
李克難

清晨，早自習時間，學生們專注溫書，校園一片寧靜，由志玄樓三樓向北望去，視野開闊，對面是藍天白雲襯著雄偉的中央山脈，象徵以人為本的灰色建築連綿延伸，綠樹黃花碧草，生氣盎然，中庭的幾方「福田」靜靜地等待耕耘。

浩蕩長的隊伍緩緩前行，肅靜整齊地橫越廣場，進入志美樓演藝廳，頓時，校園更加暖和起來。又是「慈懿日」，親愛的慈誠爸爸及懿德媽媽們回來了，孩子們歡喜迎接，師長們衷心感恩。

證嚴法師於二〇〇〇年創設慈濟大學附屬高級中學，隨即成立了

「慈誠懿德會」，慈濟委員洪若岑師姊一肩挑起合心幹事之責，將慈大附中慈懿會經營得有聲有色。一晃眼，十五年過去，在校慶前夕，我們出版慈誠懿德會專書，實錄慈懿爸媽的長情大愛，註解刻骨銘心的校園親子緣。

本書以若岑媽媽、桂慧媽媽、淑媛媽媽、德美媽媽、汝英媽媽、于芳媽媽、淑月媽媽、芳妃媽媽、澤良爸爸、新傳爸爸、金標爸爸、美雪媽媽、義松爸爸、正文爸爸、楊密媽媽、文勝爸爸、玉雲媽媽、麗真媽媽、廣輝爸爸、惠玉媽媽、乃華媽媽、碧芬媽媽、靜滿媽媽、秀美媽媽、淑惠媽媽、素玉媽媽、志傑爸爸、品豪爸爸為代表，呈現慈懿會的運作模式、班級經營、學生陪伴、親師合作及爸媽的無求付出，慈大附中因為慈懿爸媽的努力，師親生共同營造出「感恩、尊重、愛」的人文校園。

慈誠爸爸及懿德媽媽是全校師生的「人品典範」，如同大雁，引領著青年學子展翅飛翔，遨遊在寬廣無際的天空，追尋理想，築夢踏實。虔誠祝福慈懿爸媽福慧雙修，陪伴師生邁向康莊大道，形塑祥和社會。

序二

走過十五　邁向成熟

慈濟大學附屬高級中學
慈誠懿德會合心幹事
洪若岑

「照顧好別人的孩子，就是照顧好自己的孩子。」當年證嚴法師囑咐的一句話，讓我在戰戰兢兢中，接下了慈誠懿德會合心幹事的擔子。

中學在創辦之初是所有的孩子都住宿，以培養良好的生活教育和團體生活能力。十來歲的孩子，初次離家，年紀又小；而學校草創期，師長在開啟學子智慧已投入了全部的心血，孩子們在生活能力引導和關懷陪伴上亟需另一批生力軍的投入，中學的慈誠懿德會因而在創校的隔年年底開始運作。回首一路走來，甘苦交織，感觸良深。當時內心雖有些許惶恐，但想到教育是「十年樹木，百年樹人」的長遠志業，需要投入無比的耐力與熱誠，當下覺得因緣難得，一定不能辜負上人的期待。感恩在學校師長的陪伴下，十五年來，從第一屆只有一〇二位慈誠爸爸、懿德媽媽，到現在已成長到三百六十三位。

慈誠爸爸、懿德媽媽真正進入學校後，許多考驗接踵而來。國中、高中兩個學級的差別，因成長階段不同，無法用同一模式套用，尤其正值青春期的孩子們，內心深處是最難捉摸的，這對慈懿爸媽來說，又是一項艱難的試煉。此外，升上不同年級的班級，要有不一樣的對應及方法，慈懿爸媽著實需要一些時間來適應，他們才漸入佳境，跟孩子們比較熟悉時，緊接著又要進入另一階段的三年。各個階段都有不同的課題考驗著每位慈懿爸媽，而支持著大家努力不退的，正是法師對慈懿會的慈示。

「照顧好每一個孩子」是慈懿會的本分事，當慈誠爸爸、懿德媽媽要懷抱著三顆心，才能長長久久地做下去。第一顆是「愛心」：要心中有愛，除了對孩子的愛與關懷之外，更重要的是要愛好自己的心，使其不偏倚，付出的愛才會是正確的；第二顆是「清淨無染的心」：才能讓自己沒有煩惱；而第三顆是「無所求的心」：要有單純付出不求回報的心。

看到第一屆孩子有的從大學畢業後，就回到慈大附中當老師；也有孩子們進入慈濟各志業體承擔重要的職務，落實職志合一；還有一些孩子們進入大學之後，加入慈青社或是創立慈青社，由此可見，學校環境、老師的教導，以及慈懿爸媽帶給孩子們生活或心理上的潛移默化，有著極大的影響。在每個月慈懿日和孩子們家聚的時間，每每留下很多溫馨動人的故事，化剎那感動為永恆的記憶，這也是促使我們想要編輯此書的主要動機。

教育是慈濟志業重要的一環，慈懿爸媽都了解這是一分喜捨的志業，期待引導孩子們做一個口說好話，心想好意，身行好事的未來主人翁，並成為一位懂得付出及感恩的人。令人欣慰的是，孩子們在大愛的環境下成長茁壯，對於慈懿爸媽的言教與身教示範，都能歡喜接受，在長時間人文教育的薰陶下，往往展現出令人驚喜、欣慰的成長與轉變。

為了慈濟教育的永續經營，慈大附中的慈誠爸爸、懿德媽媽們，願作學校人文關懷的堅實後盾。十五年的歷程，等於出生的嬰兒從成長發育到青少年階段，意味著慈懿會逐漸邁向成熟時期；相信百尺竿頭，更進一步，只要持續用心，終究會有豐收纍纍、開花結果的一日。

這一刻即是永久

十五年的歲月釀成一首歌，
歌詞裡有初見的陌生，
相見時的絮語，不見時的想念，
又見時的歡樂，離別時的難捨；
那一刻刻，由陌生堆疊成熟悉；
成為這一刻，難捨的親子關係。
十五，一刻；
那一刻，永遠留存在當下這一刻。

跨越初見之溝

孩子別擔心，
未來的路上我們會陪伴你成長。

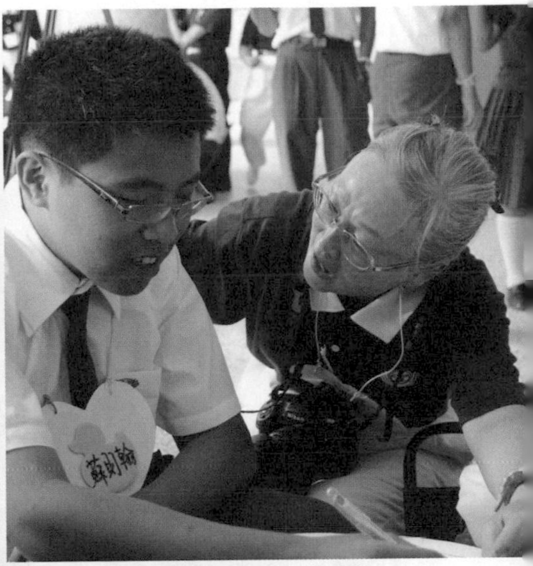

來回花蓮間的愛

在火車上的討論，
全是為了每次的相見歡。

陪你學習

親自帶你打理生活的一切，只願你能成長茁壯。

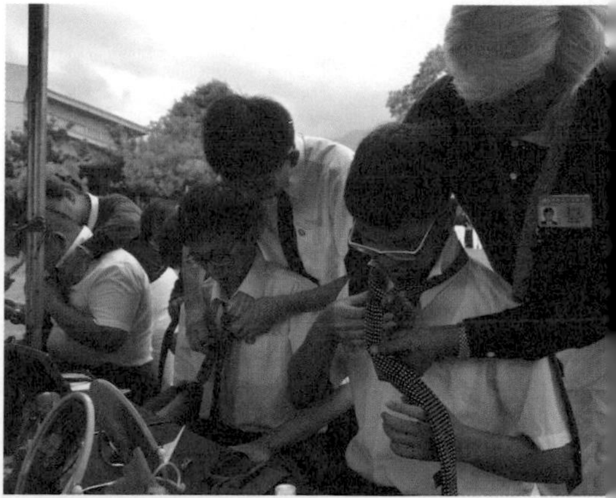

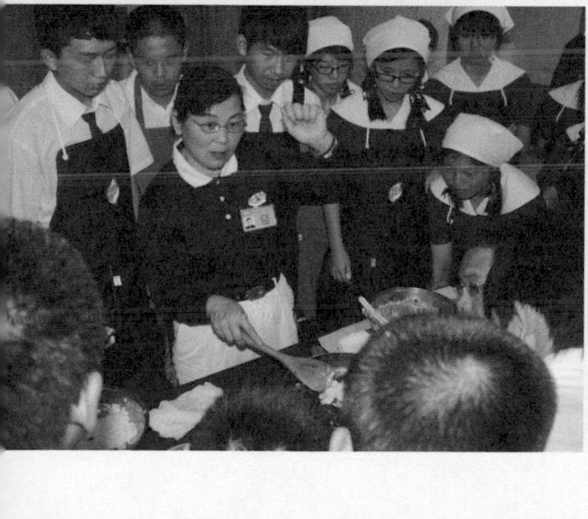

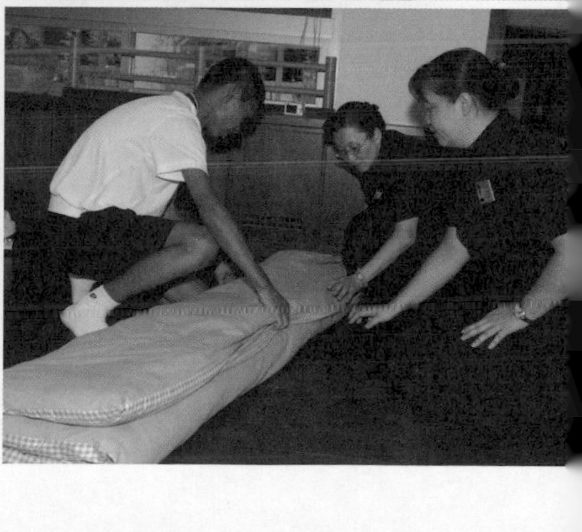

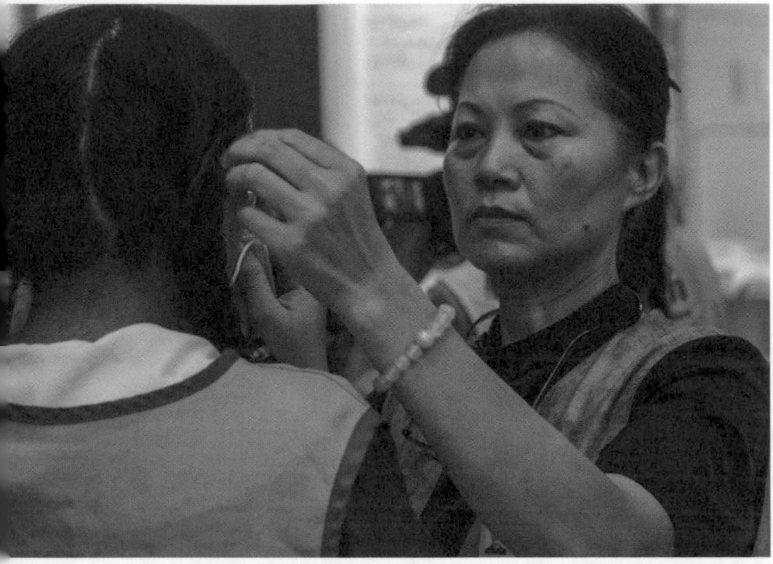

呵護不捨

陪伴在你身邊，
分享你的喜怒哀樂。

一室的爸爸媽媽

孩子，
我們永遠是你的爸爸媽媽們！

放手成長

期待你每次的參與，
都有不同的體悟。

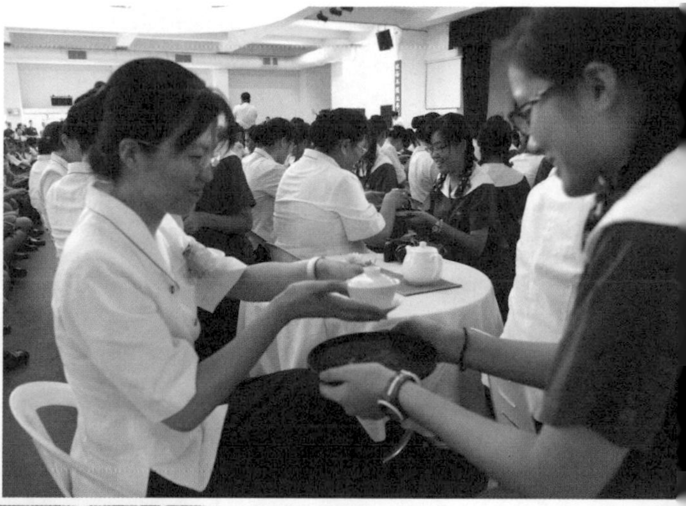

無距離的愛

擁抱彼此，
讓愛的暖流，傳遞在你我之間。

為你加油

回憶裡，每年的路跑活動，我們為你加油喝采。

說不出的感受

更多時候的愛，
只能透過照片慢慢回味。

愛師若親

老師如父如母的教導與陪伴，也是記憶中的美好。

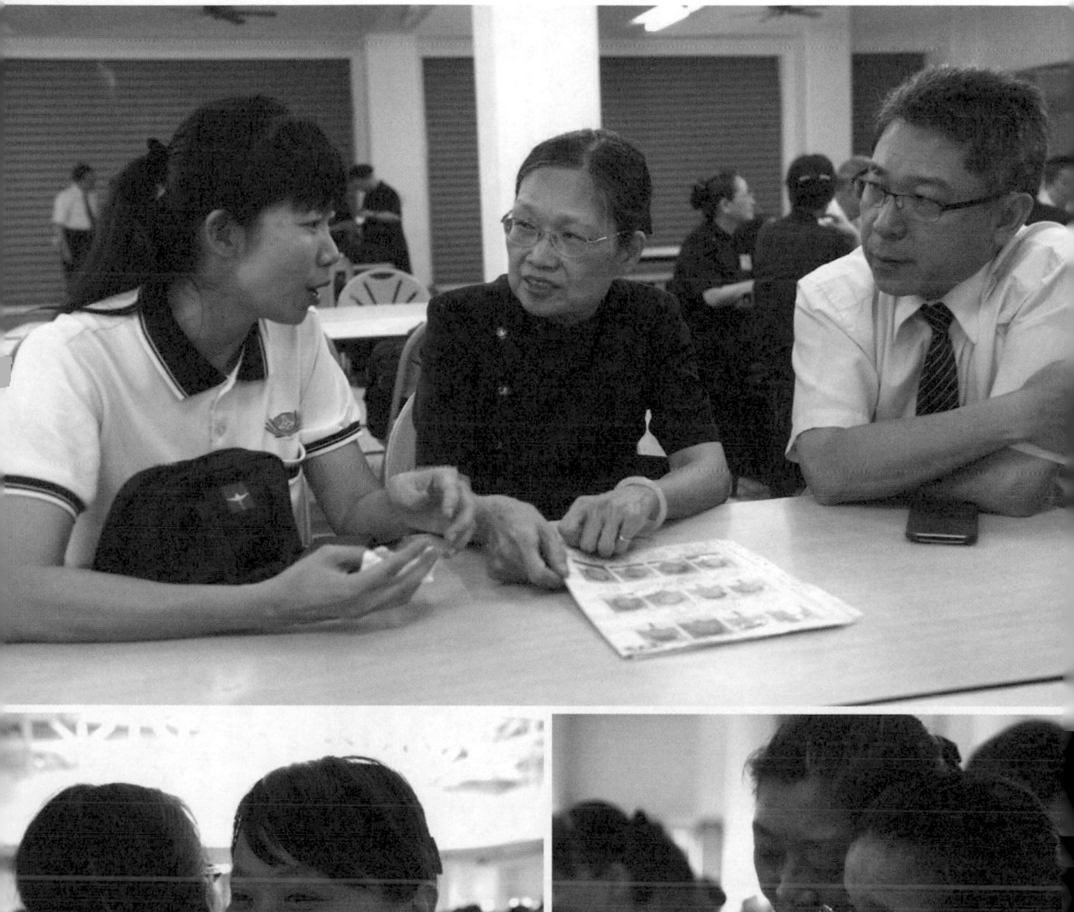

手工成巧書

每本的手工書，
有著我們為你準備的專屬回憶。

孩子，
要記得我們永遠是
你強大的後盾。

目錄

【壹】爸媽的第一堂課

【貳】

愛 沒有方程式

【參】

孩子 我懂你的心

【肆】我在你的少年時代

【壹】爸媽的第一堂課

初次相見，要孩子叫他們「爸媽」，何其尷尬！
其實慈懿爸媽跟孩子一樣緊張，
但心裡有著滿滿的愛與關懷，
鼓舞著他們跨越年齡的界線，和孩子打成一片……

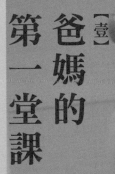

承擔，永不退卻

撰文：曾美姬、楊吉美

他們彼此沒有血緣關係，卻以母子、父子相稱；孩子們介於十三到十八歲之間，在這個最尷尬的年紀、最叛逆的懵懂歲月裡，適時伸出手、拉他們一把的，正是孩子們口中的「慈誠爸爸」及「懿德媽媽」。在孩子們就讀中學的三年時光裡，每位「爸媽」至少得花費五百個小時，陪伴著原本不認識的「孩子」，由冷、漸暖而熱；從遭遇挑戰、受挫，終至逐漸磨合。這一分由生疏走向親暱的歷程，往往會沉澱出意想不到，如真正家人般的溫暖與記憶……。

慈懿會緣起

一九八九年八月，位於花蓮的慈濟護專大部分校舍還在施工中，整個校園只完成前川堂、精進樓與司令臺。一百零七位甫自國中畢業的青澀女孩，剛拎著行李前來報到。

為了照顧這些孩子，希望她們求學期間能養成良好品格、學習美善人文，九月份，證嚴法師特別遴選三十六位來自各個階層，已受證的資深慈濟委員，在十月二十五日成立「懿德母姊會」。「懿德」指的是母儀天下的品德，期許志工展現氣質高雅、品德高尚的形象，作為學生的典範，也希望「母姊」們能跨越年齡，和孩子們打成一片，親如家人。

隨著慈濟護專於一九九九年改制為慈濟技術學院，因應招收男同學而增加了慈誠的投入，「懿德母姊會」亦改名為「慈誠懿德會」，簡稱「慈懿會」。之後成立的慈濟大學亦跟著設立，「慈誠懿德會」便成為慈濟教育體系中頗具特色的常設組織。二〇〇〇年八月慈濟大學附屬高級中學創校，首屆二百八十一位來自全臺各地的孩子，離家住校，相聚在陌生的環境裡。隔年五月，校方亦仿照慈濟大學成立慈懿會，首屆有三十三位慈誠爸爸、六十九位懿德媽媽。平均十至十二名學生中，就有一位慈誠爸爸、兩位懿德媽媽，組成一個家族。

恐負法師所託

外型溫柔婉約的洪若岑是慈大附中第一任慈懿會總幹事，出生於優渥的家庭，從小父母用心栽培，送到日本留學，畢業之後回到臺灣，隨即嫁入門當戶對又富有愛心的企業家族，夫婿李鼎銘是兒時的

懿德媽媽們一起準備教師節禮物——以塑膠袋製作胸花。（上）
慈懿日午餐過後，若岑媽媽轉贈精舍師父為慈懿爸媽準備的點心。（左下）
若岑媽媽陪著學生一起確認畢業感恩晚會的細節。（右下）

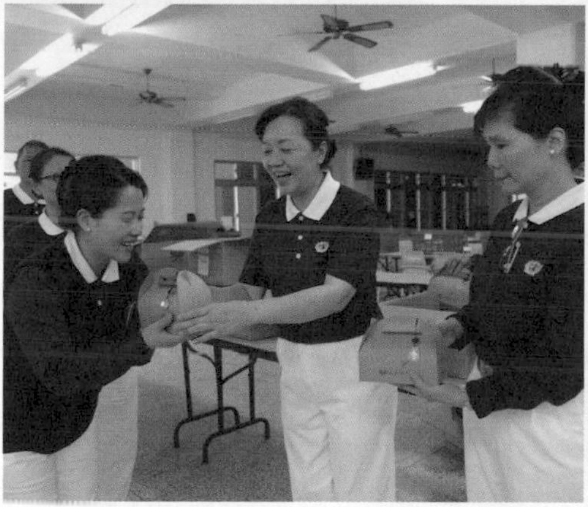

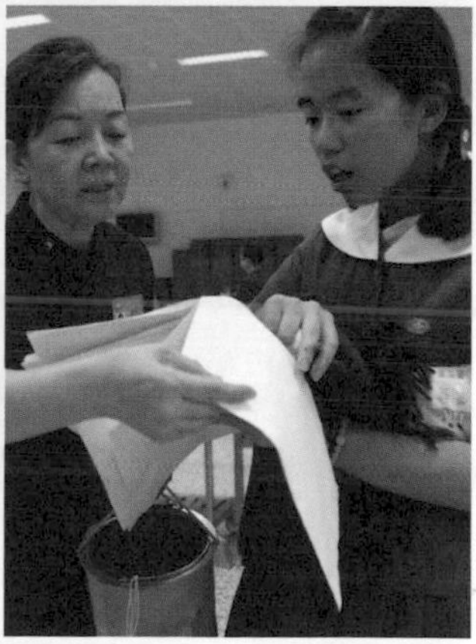

鄰居，雙方家人熟識也常相往來。

成為企業家夫人的若岑，平時悠閒於畫畫及藝術欣賞；生了二女一男後，生活重心便放在教養子女身上，她唯一的煩惱是三個孩子的教育問題。她認為孩子的品德比學業更重要，希望讓孩子有更好的學習環境，由於夫妻都投入慈濟當志工，十分認同慈濟的教育理念，於是在孩子稍大時，便為他們報名參加「慈濟快樂兒童精進班」。

慈大附中創校第一年，她更將孩子們送往花蓮讀書，其中兩位分別就讀國中部及高中部，她也成為慈大附中第一屆的家長。所以當第二年學校要成立慈懿會時，熟識若岑的慈濟大學慈懿會總幹事林勝勝，便向法師舉薦由若岑來承擔慈大附中首任慈懿會的總幹事。法師首肯且對若岑諄諄叮囑：「要把別人的孩子當做自己的孩子來照顧。」一若岑卻自覺責任重大難以勝任，當場淚眼汪汪，擔心法師賦予的責任重大，不知道自己能不能做好？但是她又無法婉拒法師負託，於是，只能戰戰兢兢地接下了總幹事的職務。

青春難捉摸

那年暑假前，慈懿爸爸媽媽與孩子初次見面，希望讓他們了解慈懿會的運作。但是十三歲到十八歲的中學生在心態、發育成長、人際企求方面與大專生差異很大，過程中與慈懿爸媽一直處於靦腆、尷尬的氛圍裡，會面結束時雙方仍找不到話題的切入點。

暑假過後，升二年級的孩子回到學校上課，慈懿會再度安排與孩子見面，沒想到情況更糟；青春期的孩子，原本就渴望離開父母身邊之後，可以追求自我獨立，現在突然又多出這些長輩來關愛，感覺彆扭並且擔心會被管束，所以反應很冷淡，尤其是高中部的孩子反彈更大。

孩子們紛紛走出教室站在走廊看書，若問他們「為何不進去教室？」孩子冷漠地回答：「我要準備考試。」也有孩子趴在桌上睡覺，或是直截了當拒絕：「我家就有爸媽了……」國中生也有人抗拒關懷，跑到外面讓爸媽追，種種狀況讓團隊手足無措。

除了學生的反彈，老師的接受度也令人灰心。學校或老師辦活動，懿德媽媽主動表態願意幫忙，但是老師卻寧可一個人承擔，也不願意假手慈懿會成員。慈懿爸媽們每次辦家族聚會，事前都須用心規劃，設計活潑生動的人文活動，一心想拉近彼此的距離，希望能引起孩子的興趣，但總是事與願違，成效不彰，讓團隊心灰意冷，充滿挫折感。

勉強撐過三年，慈中第一屆學生畢業後，慈懿爸媽們也紛紛求去。身為總幹事的若岑，備感壓力沉重，也想請辭，多次與法師會談，往往話未說出口，就已經淚流滿面，然而法師卻屢將請辭話題岔開，不予正面回覆，只鼓勵團隊多努力，在學校推動相關制度。

灰心求離去

過不了法師這關，又不敢一走了之，若岑只好痛定思痛，調整心態重新出發，藉由團隊集思廣益，參考慈濟教師聯誼會的教案來設計課程，以攻站模式吸引孩子的興趣；懿德媽媽也親手做點心帶到學校，或依節氣準備食物，與學生分享節氣的知識，朝趣味性來規劃互動模式。

此外，慈懿爸媽也結合歷史典故、人文習俗設計活動，帶給孩子們不一樣的生活體驗。例如，每年十一月，當高三孩子即將成年時，會為他們舉辦成年禮並給予加冠。莊嚴的儀式從誦讀冠誓文中開始，全體高三學生一一通過成年門，由校長為大家戴上桂冠，再從慈懿會合心幹事洪若岑手上領取冠誓文，懿德媽媽贈送結緣品。

典禮中，擔任人文真善美的慈懿爸媽更貼心地為每位同學拍照留念，慈懿會的爸爸媽媽也邀請師長與學生共進晚餐，餐後知心相契的時間，師生分享自己三年來的點點滴滴，讓每一屆的成年禮都留下美好的回憶。

苦心換甘甜

三年中學生涯轉眼而過，為了讓慈懿爸媽和孩子們多年累積的記憶留存下來，二〇〇五年，若岑推動慈懿爸媽以手工紙製作手工書，將三年來在慈大附中的點滴回憶，輔以古禮典故貼在書中。若岑認為這是一本慈懿爸媽和孩子們共同的回憶，裡頭有慈懿爸媽想對家族孩子分享的心得。

豐富的活動加上美好的記憶，陪伴著孩子成長、畢業，再迎新。一年以後，活動運作模式逐漸確立，老師、學生也漸漸可以接受；但是，不可免的是，每屆孩子畢業後，慈懿爸媽又得面對新進的孩子，重新讓他們認識慈懿會，再次經歷磨合期，這樣的情況，隨著新的學年，周而復始。

除了在校陪伴，若岑也會親自做家庭拜訪，即使家住中南部的學生，她仍會利用南下的機會順道往訪。聽聽父母口中的孩子，看看他們的成長背景和環境，進一步了解學生。很多父母擔心孩子遠到花蓮求學，不知道是否一切平安，若岑的出現正好可以令家長放心，有的家長甚至告訴她：「你們去看我們的孩子，去得比我們還勤！」

孩子舉止行儀的改變，家長都看在眼裡，有十來位孩子的媽媽，因為感動而加入慈濟，也有家長為了表達感謝，邀請慈懿爸媽到家聚餐，甚至自製海報歡迎，準備點心招待慈懿爸媽，每每總讓若岑眼眶泛紅，心想：「我們何德何能，受此待遇！」

舟車勞頓往返花蓮，轉眼間已十五年，若岑回顧當年，千里迢迢地付出愛，過程苦中有樂，點滴在心頭。她感念當年法師授予使命，激勵自己成長，不敢再興起絲毫退卻之心。

原本管教孩子稍嫌嚴厲的若岑，是在成為懿德媽媽之後，才發現以前對自己的孩子要求過於嚴格，對別人的孩子態度很好；一旦自己孩子的言行稍有不對，就加以責備，因此也做了修正。

一個企業家夫人，原本可以過著享受的生活，因為做慈濟，讓自己的生活單純化；又因承擔慈懿會合心幹事，激發出她的膽識、才華與領導統籌的能力。在慈懿活動及人文課程的規劃方面，處處落實環保概念，更能站在臺上侃侃而談，找到自己可以揮灑的天空，人生因此更加豐富精采。

愛的滋味 幸福飄香

撰文：洪綺伶

月臺上，松山火車站的站牌逐漸遠去，北迴鐵路上奔馳的火車，無怨無悔地行走在熟悉的軌道上。林桂慧彷彿看到自己，這十多年奔波在臺北、花蓮之間，清晨趕著火車，背著大包、小包愛的行囊——點心、飲料、生日禮物、結緣品，前往花蓮去看望「兒子」、「女兒」，沉重的行李背負在肩上，但是臉上神采飛揚。

「它不重，因為心裡有滿滿的愛和關懷；它不重，因為他們如同我的親生子女，只差沒有十月懷胎。」十五年來，這樣的場景不斷重複著，除了寒暑假，林桂慧每個月至少要來回一趟臺北、花蓮，就是為了要照顧慈大附中那些喊她「媽媽」的孩子們。

翻騰的思緒，如窗外不斷向後移動的場景，桂慧闔上沉重的眼皮，不自覺地，孩子與慈懿爸爸媽媽相見歡的溫馨畫面，像跑馬燈般在她腦海中盤旋著。

每一屆新生的靦腆模樣，特別是國中生剛離開家的手足無措，想來都令人心疼，課務團隊都要挖空心思，在新生親子相見歡的活動中，安排破冰接觸。慈懿爸爸媽媽更是使出渾身解數，用心安撫這一群離鄉背井的孩子安住下來。

第十六屆了，每一段安排都隱含著溫暖的愛。

樂付出　軟實力

火車經過了一個又一個山洞，彷彿也將記憶拉回從前。

林桂慧會走進慈濟，源於夫婿黃佳經受邀任職大林慈濟醫院啟業時擔任行政副院長，桂慧隨夫到任。樂於助人，有二十六年生命線志工服務經驗的桂慧，以身作則帶動醫院志工參與各項訓練、學習、輔導，讓志工服務很快上軌道。

中文系畢業的桂慧曾在中學教書，婚後為了專職照顧孩子而辭去教職，進入慈濟的時候，孩子已經唸大學及就業了。喜愛孩子的她，在洪若岑的力邀下，接下慈大附中慈懿會和氣幹事的重任，負責行政、課務、公關等工作。慈誠懿德的角色是主也是客，主動關懷老師及孩子是首要任務，進而家訪、瞭解關懷家庭狀況，從旁協助老師與校方推動各項活動，合作推展校務。

十多年來，慈懿會負責籌劃每年的畢業晚會活動，以學生社團成果及才藝表演為主軸，慈懿爸爸媽媽穿插演出，而花費半年時間製作的——孩子三年成長紀錄的手工書為整個晚會的ending。最近兩、三年，畢業晚會改由高三學生籌畫流程、寫劇本，還自己製作寓意深遠的布景，整個節目有暗場、有燈光、有背影。餐桌布置更是精緻鮮活，爸爸媽媽的絕好手藝，孩子們都悉數把握呈現。活動結束後，在校學生一起幫忙，迅速把全部的桌椅搬好歸位，桂慧看到了孩子們多元的成長，在心中為孩子們喝采，也為教育的提升讚歎！

媽媽心　慈懿情

花蓮後山地區老師流動率高，地屬偏鄉是主因。花蓮的冬天特別冷，寒流特報，冬至快到了，若岑和桂慧臨時起意，兩人就可以是團隊，從臺北帶湯圓，到花蓮買高麗菜、花椰菜、茼蒿、香菇等材料，煮鹹湯圓關懷教職員。她們到廚房去借鍋子炒，雖然桂慧平日廚藝很好，卻不知道煮那麼大鍋要多少油，廚房工作人員也響應她們的愛

慈懿日活動開始前，桂慧媽媽與淑惠媽媽確認孩子們的資料。（左上）
桂慧媽媽與若岑媽媽承擔手工書的封面丈量工作！（右上）
桂慧媽媽（站立者）總是親力親為與其他懿德媽媽們一起準備資料。（下）

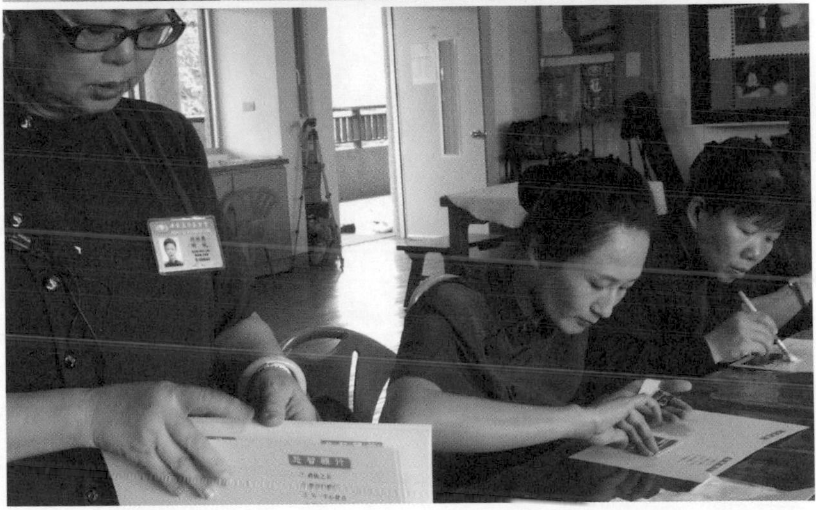

心，大家合力煮好一大鍋湯圓送到人文室，很多老師接獲通知拿了鍋碗來裝。這一天，兩人忘了合心、和氣的頭銜，單純的媽媽心，照顧的不是只有一餐，而是讓全家人感受到一股愛。當一口咬下湯圓的那一刻，隨著湯汁迸發出來的蔬菜香氣，在寒冷的冬季是一股暖流。

還有一次，桂慧用豆干炒素醡醬，做了醡醬麵，許多老師都說好吃。老師們常督導夜自習到晚上十點多才回家，生活很忙碌。她回到臺北炒了一大鍋，豆干細心切成碎末，加入甜麵醬、豆瓣醬慢慢翻炒，濃郁的香味溢滿廚房，做好分裝在瓶子裡，快遞到花蓮送給老師們。老師們傳來的驚喜，桂慧知道這瓶醡醬，加入了慈濟專屬的味道——愛之味，無論拌麵或拌飯，就是多了一味。桂慧覺得關心老師的生活需求很重要，能讓老師專注在教學上，對老師和孩子們都是很大的幫助。更多生活上的協助，譬如團購買菜，讓繁忙的老師們也能輕鬆買到新鮮蔬菜，兼顧自己的健康，這需要更多的人力投入。

團隊和 共識行

除了陪伴老師，慈懿會每位成員之間也要相互照顧，平日最重要的任務之一是課務會議，討論下個月的活動策畫；而前置作業最是傷神、費力，前置作業做得好，活動當天就能順利、圓滿。

八月底的師長合心共識營，活動規劃以學校為主，但是講師接待、休息室布置、身心寬暢的點心等流程配合，都考驗著慈懿爸媽的智慧及應變能力。課務會議中，十位爸媽有十種不同聲音，對於動線引導、禮物準備、包裝，桂慧也有自己的看法；放下堅持己見，現在的她會縮小自己，傾聽、尊重團隊成員，思考著：「我應該怎麼做會更好？」無形中，人文對她的影響既深又遠，心性也有明顯改變。

「這樣的想法也不錯！」她冷靜地說明自己的想法，不會像以前一樣生氣，對事情的看法也比較淡然不介懷。這一分對慈濟教育理念的認同與堅持，桂慧與慈懿會團隊陪伴著慈大附中的老師與孩子，迎接每一個寒暑。

「叮咚！」手機傳來訊息，要在若岑師姊家開課務會議，九月份有敬師謝師活動，想起去年兩百多位孩子們恭敬地為老師獻花、奉茶，老師臉上的尊崇與滿足，她趕緊寫下該準備的材料、數量，有了充足的準備，課務會議就能圓滿進行，桂慧衷心期待著……。

親子活動的企畫師

撰文：高玉美

慈大附中草坪前的小舞臺，慈懿爸媽們粉墨登場，正在上演一齣「寒食節」的劇目——春秋時代，介之推因不戀棧官場，帶著母親躲入綿山，惜才的晉文公為逼他出來，放火燒山，沒想到介之推堅拒不出，竟與母親雙亡於柳樹下，後悔不已的晉文公緬懷忠臣，於是訂定每年清明節為寒食之日。

這是慈懿會課務組在慈懿日和孩子們相聚時推出的活動，希望將清明節寒食的民俗典故讓孩子們瞭解。活動設計須顧及趣味性和學習性，加入活潑的元素，才能吸引學生參與。又如當天課務組安排的活動就不僅止於話劇，還有動手DIY，無論三明治、飯糰、壽司……全都要自己做，這樣的活動，讓學生有參與感，而且當每個人將食物完美呈現時，又有十足的成就感，這種過程活潑，卻又不失人文涵養的課程設計，正是慈懿會課務組一貫的堅持。

慈懿活動 幕後推手

此外，為了涵養孩子們品格教育的內容，課務組也會將人文禮儀融入各項主題活動當中。從每年新生入學開始，每個月都有不同的主題：八月有新生相見歡，九月是感恩茶會、十月有高三成年禮，十一月校慶運動會、十二月歲末祝福；寒假過後，第二學期開學又有不同的課程活動。因此，每個月慈懿會課務組成員都會在合心幹事洪若岑家中，集思廣益、一起腦力激盪構思教案，經過討論定案後，就由課務組負責人林淑媛彙整著手規畫。就如每年為高三學生舉辦的「成年禮」，希望留給孩子們一個畢生難忘的回憶。

然而，課務組設想得再周全，所有的活動細節都考慮到了，真正到了花蓮，還有一個關鍵的因素，卻不是團隊可以掌控的。

慈懿會的活動，選擇在戶外舉行，一來讓學生有放鬆的感覺，二來學校草坪的美景讓人心曠神怡；但萬一天不作美，課務組也有雨天備案。這時候，就是考驗慈濟人平日的合作精神與默契了。

變化球來得快，慈濟人接得也快，當天如果天空出現烏雲，可能下雨，若岑會當機立斷地決定，活動移往室內進行，這時就是淑媛將變化球美化的時刻。在活動圓滿後，淑媛感恩慈懿會團隊共同協力，圓滿促成，經過多年的共事默契，每一次的變化，總能在活動開始前設想周到，如果臨時出現狀況，可以隨機應變，忙碌而不紊亂。

淑媛媽媽擅長帶動現場氣氛，讓彼此互動一團和氣。（上）
教案的道具準備工作，淑媛媽媽也跟著懿德媽媽們一起整理。（左下）
請孩子抽一句靜思語天燈。淑媛媽媽陪伴孩子們一起動手 DIY。（右下）

挑燈夜戰 規劃課程

自從二〇〇〇年接了慈大附中慈懿會課務組的工作後，林淑媛每個月總是有幾天得挑燈夜戰。晚上陪孩子寫功課，做完所有家事，家人都入睡後，就是她開始埋首案頭的時間。一個活動成功與否，除了內容是否充實，流程的順暢也是關鍵的因素。

即使在白天，淑媛頭腦裡也隨時在思考著整個活動的細部流程，什麼時間要呈現手語？什麼時間生活組要上茶點？動線安排如何能夠順暢不打結？所有的枝微末節，都不容出錯；但是白天擾人的雜事又多，唯有在夜深人靜時，才能靜心思考，因此犧牲睡眠，擬草案、寫流程，只為了將慈懿會的課程做最完美的呈現。尤其是要怎麼呈現讓國中部及高中部的孩子們都能接受，又不流於八股及教條式的教材，淑媛感恩前幾年在親子成長班推動教案的經驗。

事情的起源，要回溯到淑媛的女兒考上臺灣大學那年，淑媛雖然平常心以對，但也想著該為女兒做點什麼？她計劃要帶女兒出去玩，當不知要去哪裡玩時，同學林美雲分享慈濟舉辦夏令學佛營的訊息，正好有人無法成行，淑媛母女倆補上空缺，前往花蓮慈濟技術學院參加營隊。

「脾氣、嘴巴不好，心地再好，也不能算是好人。」、「要用心，不要操心、煩心。」，在技術學院的文化走廊上，淑媛突然看到這兩句靜思語，話語直擊入心，瞬間淚湧而出；與女兒一起參與學佛營，幾天的反觀自省，她驀然回首，懺悔自己過往對子女採取高壓的教育方式，對先生也常常不假以辭色。回程的路上，她遇到慈濟委員顏碧惠，主動加入會員，並且參加慈濟活動，由於有教育的背景，淑媛加入兒童精進班是順理成章的事，也因為兒童精進班的因緣，擔任班長的洪美玲推薦她參加委員培訓，二〇〇〇年受證。隔年五月，慈大附中成立慈懿會，淑媛被遴選為慈中第一屆懿德媽媽，甚至被若岑邀約承擔課務組的重責大任。

「請妳找別人，我能力不足！」十五年前，對於洪若岑的邀約，淑媛迂迴婉拒。但是若岑不放棄，一再地力邀，抵不過若岑的誠意與柔軟身段，淑媛最終點頭答應。「妳是窗口，我來配合喔！」這個說法，若岑也欣然接受，「淑媛，妳是一個能做事的人，團隊一切尊重妳，相信妳一定會負責把事情安排得很妥當！」因為若岑的知人善任，果然讓淑媛往後在課務團隊中，做起事來得心應手。

父母之愛 扎根品格

十五年來，課務組規劃活動的點點滴滴，都已化為細心規劃製作的檔案，在架上排列得整整齊齊。淑媛唸大學時，學的是檔案管理，所以慈中所有的活動，習慣用檔案紀錄下來，無論任何的流程或進度，只要參照流程表或細流表都能一目瞭然，這樣做也減少許多不必要的爭議。

學以致用，能夠發揮所長，又帶給人正面的影響，是最幸福的事。而檔案規章的建立，是為了讓慈懿爸媽有所依循。而且教育不是立竿見影的工作，必須經過時間的淬煉，及人與人之間的磨合與互動。從一開始接下課務的重責大任，淑媛就期許自己「教育要從小扎根，國中生還維持著清新的本質，適時給予正確的觀念，往後的人生，就會循著正道而行。」

對於一開始主觀意識較強的高中部學生，淑媛在設計課程時，加上探索與思考的元素，讓這群小大人，在求學階段，建立良好的觀念，學習自我思考，分辨是非對錯，從懂禮與懂理中，對己自律，對人感恩、尊重、發揮愛心；未來升學或就業時，就能成為一個律己利

在新生親子相見歡的活動中，慈懿爸媽們展開破冰接
觸，使出渾身解數。

人的好青年。

這也是證嚴法師創立慈大附中時的期許，「品格教育重於智識教育，讓學生在往後的人生做一個行為端正，品格優良的好青年。」而慈懿會始終秉持著這樣的信念在陪伴孩子。

訂票熱線接力

撰文：高玉美

南京東路商業大樓六樓裡，林汝英坐在背窗的座位上，脖子與肩膀間歪夾著電話筒，右手握著的滑鼠點著螢幕上的EXCEL表格，「喂！德美，妳這次回花蓮的票，準備訂幾張？」

數字在變化中前進

「上個月訂幾張？」電話那頭，古德美翻著記錄的本子。「我看加訂二十張好了，這個月是成年禮，應該會比較多人去。」古德美依照多年的訂票經驗，約略估計下個月慈懿會志工們回花蓮的票數。

在慈懿日前一個月，交通組的古德美及林汝英兩人就開始分工合作，首先古德美先到團體櫃檯前，填寫團體購票單，預付百分之二十的訂金，取得購票證明後，接下來的聯絡工作，就由汝英接手。

「師姊，妳們那組總共要幾張票，來回幾張？單程幾張？幾張敬老票？」急性子的汝英，一拿起話筒，就是一陣即問即答：「人數還沒統計出來嗎？那請妳下午再告訴我，我要開始訂票了喔！」

話筒剛掛下，汝英又開始撥打另一組的電話：「喂！……全票七張，敬老一張，都來回，好！我知道，總共八張，請妳把金額算好，我們東一門取票喔！」

「汝英，總共缺幾張票？」下班前，德美撥了通電話給汝英，「不夠十八張！」汝英看了看統計表，回答著德美。「我看我們加訂二十五張好了！」老經驗的德美盤算了一下，出發前總有變數，交通組通常會加訂數張，以便因應臨時加入可以成行的慈誠爸爸、懿德媽媽。

搶購車票　全家總動員

出發前兩週，鐵路局開放電話語音訂票，德美及汝英兩家人就要呈現備戰狀態。「鈴——鈴——」五點半床頭鬧鐘一響，德美馬上翻身下床，匆匆披上外套，搖醒身旁先生起床幫忙。

這一頭，位於忠孝西路的汝英家，「兒子，快起來幫媽媽！」清晨五點半，兩家人就開始一陣兵荒馬亂。

德美家兩線市內電話，所有家人的手機，全部都要派上用場。在六點鐘以前，撥通412-1111的語音專線並且設定所有訂票的資料，訂票時間一到，抓住訂票時關鍵的時間點，德美和先生兩人十指齊發，按下數字鍵，完成訂票張數，記下成交的購票號碼，一顆緊張的心，才能稍稍平復。

剛記下所有訂票紀錄後，兩人互通訊息，合計訂到票的總數，還要與各組確定人數，兩天後要取票。然而聯手完成緊張的追票勤務，才算完成當月的一半任務。

一開始，汝英一個人打給所有慈懿會的成員，忙碌中，偶有疏失；後來她運用聯絡人的機制，由每一個年級裡找出一位聯絡人，請他負責幫忙統計該年級的票數明細，所以，汝英只須打電話給高中部及國中部六個聯絡人，就可以統計出下次回花蓮所需要的車票張數。

汝英匆匆拿起錢包、車票統計單，出發去車站取票。但取票前，還得先到銀行提領現金，每回訂票、取票，德美與汝英兩人都要代墊票款，這麼一做就是十五個年頭。

一到臺北車站大廳，汝英差點傻眼，「今天又不是年假，怎麼車

海燕風災後，汝英媽媽跟著大家一起為菲律賓募心募愛。（上）
汝英媽媽與慈大附中的孩子們。（下）

站這麼多人？」近年來由於觀光旅遊興盛，臺鐵熱門景點的車班幾乎班班客滿，東部幹線更是一票難求。雖然車票已經訂到了，但是取票口卻是大排長龍，排了將近一個鐘頭，總算將車票劃位成功，兩條腿痠脹得好像不是自己的。

巧接變化球

回到辦公桌前，汝英拿出剛剛取回的車票，依著統計表將每一個年級的車票票數清點完畢，放入小型的封口袋中。俠女心腸的汝英看似大而化之，做事卻細膩又用心。慈懿會開會前，她戴起老花眼鏡一字一字地敲打鍵盤，將搭車的注意事項都明列成一張A4大小的說明書。譬如：多久前訂票、何時取票、搭車車次、搭車時間、往返接送，連退票時要扣的手續費都明列其中，一目了然。

慈懿會都是搭同一班次的火車，一〇五一車次，早上六點四十五分由臺北發車，汝英在六點鐘左右，就在車站東一門等候慈懿會的聯絡窗口，方便大家統一取票。「汝英，我們今天有位媽媽臨時可以去花蓮，妳還有票嗎？」「對不起啦！汝英師姊，我們班有兩位師姊家裡臨時有事，沒辦法去，車票可以麻煩妳處理一下嗎？」

上述的狀況幾乎每次取票時都會出現，汝英早就見怪不怪，此時就考驗汝英的應變能力。無論發生什麼狀況，她就有方法應對，而應變巧門都在她的腦袋裡。

汝英的家住在臺北車站附近，步行只需十分鐘左右，就可以到臺北車站，因此車站取票、退票，就成了她的工作。取票的日子，汝英當成是散步的時間，因為臨時增加或取消的車票，需要親自到月臺辦理取、退票，當天要到車站辦理哪種業務，她記得清清楚楚。

出發當天如果剩票太多，她得趕在火車車班出發前，到窗口退票，也是緊張的戲碼。

難忘突發狀況

承擔交通組功能，德美與汝英合作這麼多年，也有過讓兩人難忘的的突發狀況。二〇〇七年，臺鐵發生自強號與區間車對撞的嚴重意外，不僅是當日，就連次日宜蘭北迴線的列車班次都異常混亂。意外發生當天，慈懿爸媽的返程車票已經訂妥，所有人只好在宜蘭下車，改搭接駁車，再轉乘其他班次火車回臺北；住在中部的慈懿爸媽所搭的火車班次，更是被迫改搭其他班次的火車。

德美與汝英兩人，站在購票口前，手上拿著火車時刻表，另一隻手握著手機不停地聯絡，又要忙著與站務人員溝通，忙了大半天，透過許多程序，才將所有人的車票敲定，一一把人送上車。

同年另一次經驗，也是讓交通組記憶深刻。放暑假前，氣象局發出強颱警報，唯恐學生暑期輔導結束返家途中發生意外，學校臨時決定讓學生提早一天離校，而所有學生的返家車票又要面臨一次考驗。學校人文室每一位師長通宵達旦在辦公室與臺鐵吉安站張羅著車票，在臺北火車站德美和汝英也加入搶票的行列，一起處理這突來的緊急事件。經過二十小時的努力，孩子們終於都搭上火車。同時為了讓剛入學、對於搭乘火車陌生的國一、高一新生能順利返家，師長還安排了高年級學長學姊在一旁照顧與陪伴。

為了怕返家的孩子中途餓肚子，車上購餐不方便，德美發揮懿德媽媽的細心與貼心，兩手拎著一大袋的餅乾及麵包、飲料，讓孩子在途中墊墊肚子。德美只想到證嚴法師的託付，要好好照顧這群慈濟的孩子，用媽媽心照顧這群離家求學的孩子，是懿德媽媽的本分事。

來自中南部慈懿爸媽的精神，讓汝英很感動，他們回一趟花蓮，往往要繞大半個臺灣。許多中南部的慈懿爸媽，有時訂不到接續的車票，還要在臺北車站過夜。汝英心疼大家的辛苦，便邀請大家來家中，將就擠一擠，稍事休息，隔天再從臺北一起出發搭車到花蓮。

交通組看似簡單的訂票、取票工作，其中有著不為人知的辛苦，為了順利訂購所有車票，德美及汝英不僅練就一雙如來神手，電腦訂票時幾乎百發百中；要如何順利訂票，這當中有許多學問與竅門。

她們最怕的就是遇到年節或長休假日，為了補足缺額的車票，兩人曾經一張小板凳，一本月刊，輪流坐在車站大廳，在長長的人龍裡等候購買車票。有時連家人、朋友都要被她們拉來擔任排隊的臨時工。

十多年來，汝英抱持著服務與結善緣的心情，經常奔走在公司與車站、車站與家中之間，儘管工作內容繁雜，她卻甘之如飴。讓每一位慈懿爸媽都能平安地回到花蓮，與孩子們團聚，是她的責任，也是

大家一起排排站，跟著德美媽媽學做菜。

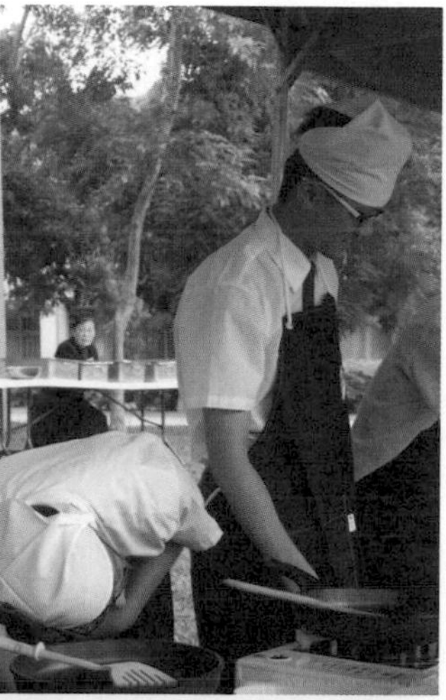

她最感欣慰的事。

隨著時間流轉，以及慈濟會務的擴大，德美開始承擔志工其他功能團體的票務，而慈大附中慈懿會的工作也需培養人力、傳承永續，因而近幾年來蘇于芳師姊加入了火車票務的團隊。只要看到于芳發出火車票需求及住宿需求統計表，三百餘位爸媽們就知道要把手邊的社區工作安頓好、要向公司及家人請假，準備回花蓮跟法親的孩子們團聚了。火車票務、住宿、用餐⋯⋯各類表單在于芳耐心地詢問調查、細心的統計及回報，再交由學校人文室無縫接軌地完成後續的工作下，所有慈懿會爸爸媽媽的衣食住行皆能妥當安頓，三百多人的團隊也因而能圓滿。而于芳，這位在慈誠懿德會裡沒有「班級和孩子」，只能專心接行政工作的媽媽，日復一日地完成這看似簡單其實繁瑣的工作；每一個團隊能順利成行，都要感恩，感恩因有這一群無聲的懿德媽媽們在默默支撐著。

在臺北分會一樓大廳的茶桌上，德美、汝英、于芳及交通組的夥伴，手上拿著一大疊的車票，好像在玩拼圖遊戲般地，按每一個年級、班級的車票，分別擺放。幾張全票、幾張敬老票、幾張去程、幾張回程，團隊都能快速完成，並且計算好所有金額，放入一個小小的夾鏈袋。袋子上註明年級、班別、票數、金額，每一個手續看似簡單也辛苦，卻蘊積著兩人及團隊多年的智慧與經驗。

完成了所有的工作，德美、汝英和于芳終於可以稍微鬆一口氣，但心情上仍要隨時上緊發條，因為誰也不知道慈懿日當天，會不會還有另一場意想不到的考驗在等待著她們……

孩子，我們一起學習成長！

撰文：盧筱涵

「義成爸爸，這禮拜日下午要來聽芳妃媽媽的教案說明喔！順便拿車票。」鄭淑月愉快地講著電話，通知高雄區三個班級的慈懿爸媽，除了來取票，更要記得來聽教案分享。對她來說，每個月最期待的就是到花蓮慈大附中陪伴學生，尤其在前一週與慈懿爸媽們聚在一起做事前的課程安排，一系列為了慈懿日所準備的活動，都是鄭淑月的最愛。

最新科技　傳達最古老的愛

從慈大附中成立的第一屆開始到現在，淑月每三年就陪伴一個班級從入學到畢業，有時候是國中部的學生，有時候是高中部的學生，隨著時代的變遷，從交通、通聯科技，甚至是陪伴學生的方式，每一項都有著不同的轉變，唯一不變的是自己愛孩子的父母心，還有對每位慈懿爸媽的關懷。

當年還沒有南迴鐵路時，從高雄到花蓮都需要仰賴飛機，還好飛機的航班總是能讓高雄的慈懿爸媽一天往返兩地，不需多請假一天。但是隨著南迴鐵路通車，飛機的航班逐漸減少，甚至是停飛之後，高雄區的慈懿爸媽開始需要額外多花半天的時間搭火車提早來花蓮，有時遇到颱風或是大雨，鐵軌被土石流沖斷時，高雄區的慈懿爸媽們，還得先搭高鐵或是北迴鐵路，甚至是飛機，先到臺北之後，再前往花蓮。

雖然往返過程總是會面臨不同的問題，但是淑月仍然把握時間，邀約慈懿爸媽們，一起提早來到慈大附中，住在學生的宿舍裡，隔天早上先進到靜思精舍參加志工早會聆聽證嚴法師開示；早會結束後，再回到慈大附中，跟其他地區的慈懿爸媽們一起參加由人文室安排的課程，絲毫不浪費分秒。中午的活動時間，就可以到班上陪伴學生，享用午餐及帶動課程。

「各位爸爸媽媽，等等就要進去班上了，上次班親會過後，我有拍下每位學生的照片，及標記大家的名字，傳在LINE的群組裡，你們記得嗎？等一下不要漏氣，認不出學生喔！」淑月深知大家這些年來，因為年紀增長記憶力已經大不如前，還好有科技的進步，慈懿爸媽們可以透過在LINE群組的「搶答」互動中，不但能記下學生的姓名，還能彼此分享對於該學生的觀察，實在方便極了。

對於鄭淑月來說，接觸這些新科技，都是因為要陪伴學生，在這些年當中，她學會使用臉書及LINE，「感謝科技的發達，透過這些軟體，不但能隨時關心現在陪伴的學生，甚至是過去的學生，也能找到呢！」譬如曾經有一位學生因為畢業之後搬家失聯了，但是淑月仍透過臉書的搜尋找到他，互相加為好友之後，時常聯繫著。

慈懿陪伴 學生家長一起來

除了透過科技媒體觀察學生與學生互動之外，對於該如何給學生足夠的關心與陪伴，一直是淑月在思索的問題，早期高雄區的慈懿爸媽們還沒有課程討論會時，每位爸媽到班上就是與學生分享自己的人生經歷，或是傾聽學生的分享，雖然帶給他們一些正確的觀念，但活動比較缺乏系統性的規畫。

直到某一天，淑月在社區的大愛媽媽活動中遇見了林芳妃，得知林芳妃不但有教育背景，而且在補習班受到很多家長的讚賞，更重要的是，她曾經說過有機會也要加入慈懿會，為慈大附中的學生們付出。對於芳妃的願望，鄭淑月非常感興趣，經過一番談話後，才知原來芳妃的兒子也是慈大附中畢業。

芳妃與淑月分享，當初兒子班上的慈懿爸媽們，一行十二人開著兩部車來到高雄家訪，一進門就各自與兒子擁抱著，還要兒子端茶向芳妃夫妻奉茶，那種不一樣的品格教育，感動了自己與先生，讓他們明白孩子的教育不只是成績，還有品格教育也是重要的，因此在這樣感動的氛圍中，先生不但改變對兒子古板嚴肅的管教方式，甚至還跟芳妃一起走進慈濟，參加見習培訓。

淑月告訴芳妃，由於對企劃活動教案經驗不足，或是無法詮釋教案的主旨，因而未能提供孩子們完整的學習，不知道是否能邀約芳妃

淑月媽媽與南區的慈懿爸媽們一起為慈懿日的行前共修。（上）
孩子，我們一起學習成長！（下）

加入慈懿會的高雄團隊，發揮自身的專長，幫忙整理北區慈懿團隊提供的教案，在每個月領車票的那天，為大家解說這次的活動宗旨，以及如何帶入互動的小遊戲，讓學生不覺得這些課程只是在說教。

芳妃很高興淑月提供這個機會，讓自己可以一圓心願，特別是當二〇一二年九月，芳妃第一次到慈大附中擔任懿德媽媽時，在迎新那一天，見到剛從小學畢業的孩子，小小的身影隻身站在遼闊的校園裡，不禁落下眼淚，心想當年的兒子也是如此經歷那一段孤單的日子，所以芳妃更堅定信念，一定要好好陪伴這一群學生。

由於白天有補習班的課程，每次在收到北區慈誠懿德團隊提供的教案後，芳妃都會用兩個晚上來構思，先簡化教案中的主旨，透過多元呈現，讓學生實際體驗，加深他們的觀念。例如對於素食與蔬食的推廣，芳妃就會以食物融入紅綠燈的概念，詢問學生需要多吃綠燈食物？還是紅燈食物？接著再從一些相關的影片，或是引用科學家的數據，引導學生如何區分紅綠燈的食物，選擇對自己有益的飲食。這些豐富的活動內容總是吸引著學生的注意力，讓他們印象深刻。

你很棒！給孩子信心

芳妃的教案不只讓學生們印象深刻，也讓他們從中改變很多。在陪伴的班級中，維維是一位行動不方便的學生，在開學第一天的晚上，他的腳痛到不行，因此跟舍爸要求要去急診，這時，剛好林芳妃出來倒水，上前關心之後，先用「肌樂」為維維按摩紓緩疼痛，然後在與維維聊天的過程中，發現他從小就習慣依賴家人，這是第一次離家，家人希望他能學習獨立。往後慈懿日時，林芳妃便會多留意維維的狀況，還請學長幫忙照顧他。

芳妃發現維維因為身體的不便，個性上有些孤僻，與同學相處比較不緊密，在一次的教案帶動中，她看到了維維的改變。那是一個面對逆境的教案，透過多種情境題，讓學生思考，如果遇到困難或是逆境時，該怎麼解決？在問與答的互動中，答對時，全部的慈懿爸媽就會對該學生說：「你好棒！」或許題目的設計與維維產生共鳴，當芳妃隔月慈懿日再到班上時，明顯地發現到維維的改變，他不但人變得陽光，想法很正向，甚至與同學的互動也變好了。看到維維因為參與自己設計的教案活動而有所改變，這就是芳妃最大的成就感。

傳遞這樣正向的思維，也是鄭淑月在慈懿會裡面想要帶給大家的，尤其是面對家長的來電時，鄭淑月總是說，「要相信孩子，並為他祝福，或許孩子早已經自己處理好問題，在學校裡無憂無慮地上課，而您卻在家空著急，這樣不是白操心了嗎？」她時常提醒家長們要適時放手，選擇相信孩子，但是在家長們面對問題時，仍給予必要的協助。

就像有位曾經陪伴過的學生，考上高雄義守大學的外文系，但是校舍離市區有點距離，交通又不方便，在思考過後決定向家人請求購買機車，媽媽第一時間打電話給淑月，除了提及對於交通安全的疑慮之外，也藉此徵詢淑月的意見。

淑月在電話中不斷安撫媽媽，也一一回答媽媽的提問，並說：「如果還沒買到適合的機車，我家有多一臺，可以先借他，等買車之後，再還我吧！」終於在與鄭淑月聊天後，學生的媽媽放寬心了，也非常感謝淑月在自己孩子畢業之後，仍然給予關心與陪伴，不過，對淑月來說，最開心的，是自己曾經陪伴的學生來到高雄讀書，以後可以繼續就近關心與陪伴。

淑月是一個嚴以律己、寬以待人的陪伴者，她希望身邊的每個人都可以繼續保有學習的心，除了要求自己跟上時代的腳步，也不願意看到別人留在原地踏步，總是希望能以無壓力的方式陪伴對方一起向前走，因此總是真誠地對待學生和家長，以及高雄慈誠懿德會的每一位爸爸媽媽。

不僅是高雄慈誠懿德團隊，臺灣各地的慈誠懿德爸媽，每個人都希望為孩子的學習付出一分關心，讓他們留下一分深刻的感動，用更多的愛與陪伴來經營，讓這分愛繼續傳出去。

芳妃媽媽準備教案有一套，最愛大家一起來實作。

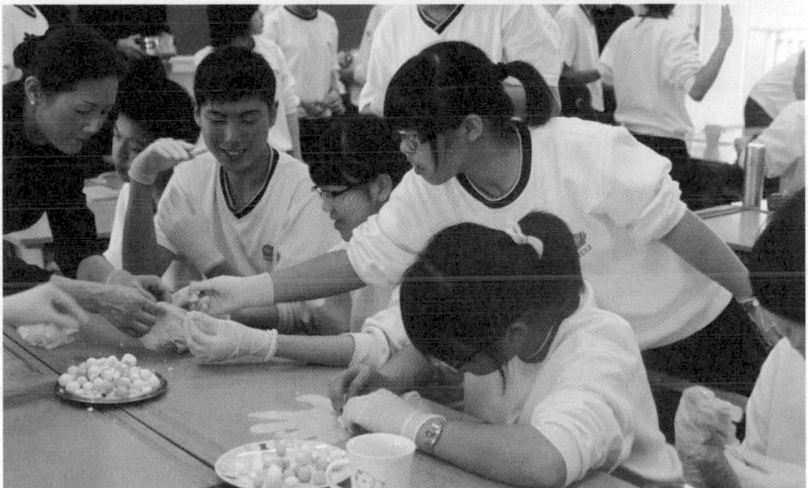

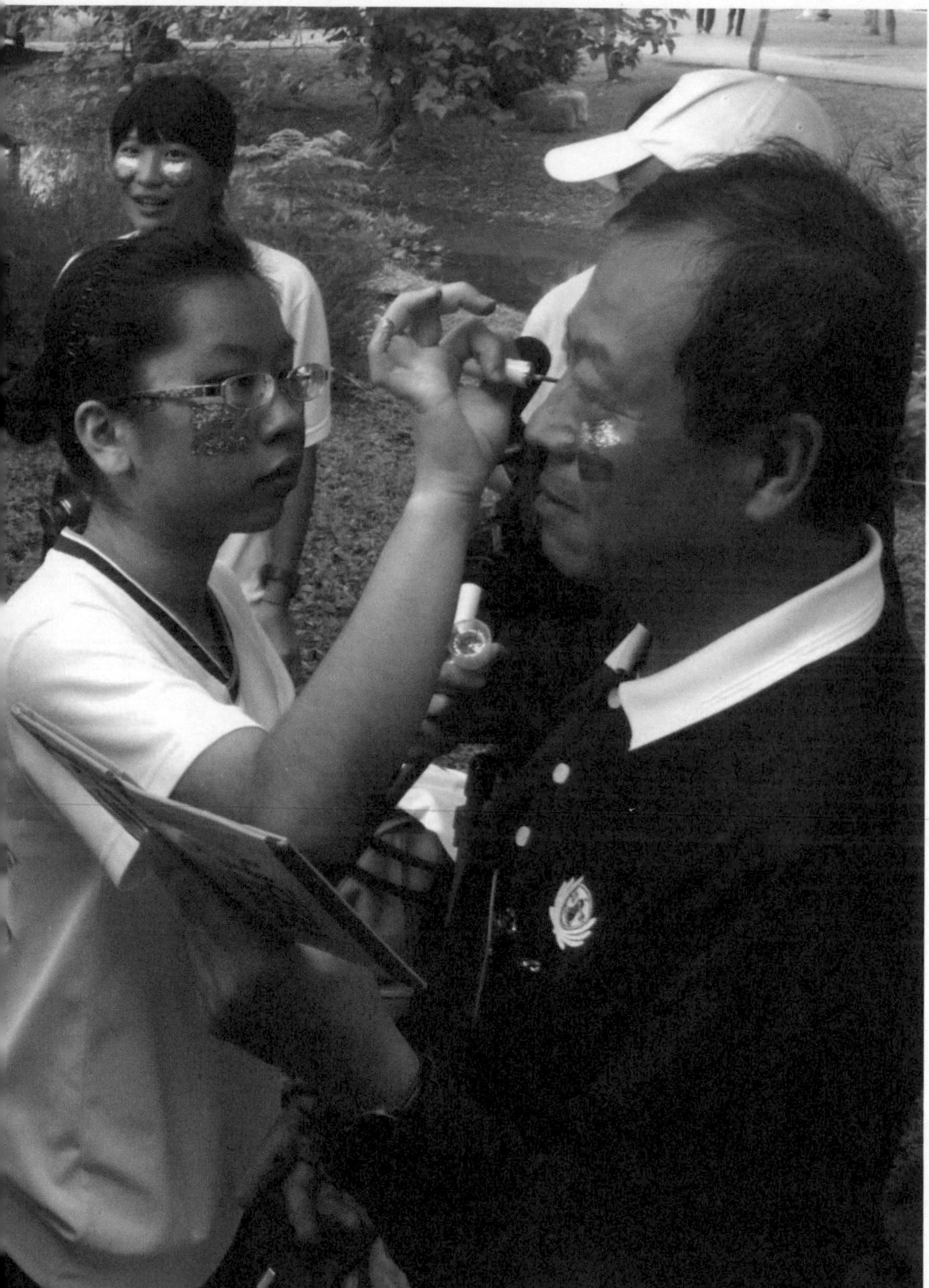

【貳】愛 沒有方程式

慈懿爸媽的愛，就像對親生子女般，
無私無染，如蓮花一樣，
在陪伴孩子成長的同時，
只管付出，從來不求回報。

用愛守護兒女成群

撰文：涂鳳美

初秋的夜晚寂寂涼涼，陳澤良一個人坐在客廳，趁睡意生起前滑開手機，檢視一下LINE裡面的訊息。這是他從二〇一三年開始養成的習慣，也是他和「孩子們」談情說愛的方式。從二〇〇五年加入「慈誠懿德會」擔任班長後，除了多個「澤良爸」的稱號和一大群兒女外，收發訊息，已成為他生活中不可或缺的一部分。澤良爸第一任擔任國中部的「爸爸」，從第二任開始承擔起高中部的「爸爸」了。

百煉鋼化為繞指柔

就像每個班級的學生都會選出一位班長一樣，慈懿爸媽也不例外。不同的是慈懿會的「班長」除了是訊息的收發站外，還得負責規劃整學期的行事曆和勤務。舉凡每個月的班級經營、孩子的生日禮物、值日人員的排班、手工書，甚至到學校時該給孩子帶些什麼吃的等等，這些工作的分配，班長都得在事前做好規劃。

「我也不知道當初為什麼會當上班長？而且一當就是十一年。」午后的陽光，穿過大面玻璃窗，斜斜地照在澤良的背上；他轉動著手上的原子筆，記憶彷彿也跟著倒帶。當初「慈誠爸爸」、「懿德媽媽」培訓時，這班有十二位爸媽，澤良在培訓前是臨時聯絡人，後來就順理成章成為班長了。完全沒有帶班經驗的澤良，首先想到的就是訊息要暢通。因為十二位慈懿爸媽來自不同的地方，其中一位還遠居菲律賓。而且那時候通訊設備不似現在發達，除了電話和電子郵件外，澤良甚至連簡訊都不會使用。

有一次，澤良領回了臺北到花蓮的來回火車票各十二張，但團隊中一位成員卻遲遲沒有表態去或不去。他接連幾天打了無數通的行動電話，對方沒接聽也不回電，最後才發出一則簡訊表示訊息已收到，但還是沒表明是否參加。

「這個班長既不是肥缺又沒有支薪，我何苦來哉？這要是以前的我，早就發飆直接把車票退了。」看著手機上的簡訊，澤良研究半天，卻不知道如何回覆，心情也跟著起伏。隨著日期逼近，他更急了，就在幾乎要失去耐心時，法師的智慧法語「做人能圓滿，則事就圓滿，人圓事圓，理就圓。」從他腦海中輕輕滑過。

「我就不相信找不到妳！手機妳可以說沒電、沒訊號，但室內電話妳總沒藉口了吧！」於是澤良改撥對方的家用電話，並採早中晚連環叩的方式。

「喂——妳好！感恩喔！終於找到妳了。去或不去都沒關係，但

這些製作精美的手工書，都是慈懿爸媽為孩子精心準備的回憶。（上）
澤良爸爸與最有默契的夥伴們合影。（下）

至少讓我知道一下，我好處理車票嘛！」電話接通的剎那，一串話從澤良口中緩緩吐出，連他自己都難以置信，昔日的暴躁脾氣，竟在當了慈懿會的班長後完全磨平。

千里迢迢宅配愛

慈懿爸媽在任期內，至少會完成一次家庭訪問。通常選在暑假期間進行，除了時間上較充裕外，學生來自全臺各地，期望透過假期內親子長時間的相處，讓父母親感受到孩子就讀慈大附中後的改變，進而對慈濟的教育理念有更進一步的了解。

二〇〇六年七月的南臺灣暑氣正濃，田田荷葉宛如千萬把反撐的綠傘，碧波萬頃地歡迎一行人的到來。這一趟家訪，由澤良負責開車，他和班導師及慈懿爸媽一路從臺北、桃園、臺中到臺南，回程時再從臺南開始往北走。三天的行程，他們走訪十三個家庭，其中最讓澤良掛心的，是住在臺中市的一個孩子，因為他的父母已經決定幫他轉學了。

「爸爸！爸爸你來了！」澤良剛關上車門，一個十四歲的男孩便朝著他飛奔而來，接著就是一個撲身大抱抱。

「唉！」一旁的李爸爸搖搖頭長嘆一聲，口中喃喃自語：「養你這麼大，也沒見過你這樣對我，對別人又是叫爸爸，又是擁抱……」他的嘆息，澤良感同身受，在當慈誠爸爸之前，自己又何曾擁抱過兒子？

「爸爸！我們家在前面巷子裏。」剛上慈大附中國中部一年級的威廷個頭不小，領著慈懿爸媽穿過小巷進入屋內，桌上的茶點，看得出一家人對家訪的重視。

「很謝謝你們對威廷的照顧，但是我們已決定幫他轉學了。」李爸爸略帶靦腆，他認同慈濟的辦學理念，但卻擔心慈大附中對孩子功課的要求，不如明星學校逼得緊，以後會失去競爭力，所以決定讓威廷轉回住家附近的學區就讀。

「學校並非不重視功課，慈中強調生活教育及規範，希望培養學生獨立自主的生活能力。」澤良告訴李爸爸，此次家訪並非為遊說而來，只是利用暑假前來關心孩子，一切還是尊重家長與孩子的決定。直到家訪結束，李爸爸都沒有改變初衷，而威廷的一句「爸爸再見！」更讓澤良感覺就要失去這個孩子了。接下來的一個多月，他電話打也不是，不打心裡又沉沉的，這個暑假對他來說特別漫長。

「咦？那不是威廷的弟弟嗎？他怎麼可能出現在這裡？」新生訓練的第一天，澤良的心彷彿要蹦出來似地興奮，他做夢都沒想到，一次家訪會有這麼大的轉變。威廷不僅沒轉學，還帶著弟弟來讀慈大附中。開學那天晚上，「父子」在宿舍聊了好久，澤良終於明白，真正

澤良爸爸無論進行家訪，或是每月慈懿日十，總是與孩子親切互動。

的關鍵源自於威廷的態度與轉變。

「市區明星中學的轉學考我已經通過了，考慮了很久，我還是決定回慈中，就像爸爸你說的『名師易尋，良師難求』，何況還有這麼多愛我的爸爸媽媽。」威廷願意繼續留在慈大附中就讀，讓澤良好開心，回到臺北後，他立刻打電話向李爸爸道謝。

「上次看到他和你的互動那麼親熱、自然，我真的好感動、好羨慕，這孩子真的不一樣了。」李爸爸的簡短對話，讓澤良熱了眼眶。原來是因為第一學期孩子的成績不夠理想而執意要他轉學，卻在一次家訪後，讓這對父母的態度完全改變，他終於明白法師教示：「用父母心對待別人的孩子」的真諦。

每天下班開車回家途中，澤良的手機便「叮咚」個不停。一進家門，他習慣地滑開LINE，看看孩子們傳來的貼心話，其中一則寫著：「澤良爸！我考的是監獄官，還在等放榜，確定考上了再約爸爸一起吃飯，這樣比較風光。」訊息是威廷傳來的，這孩子已經從國立警察大學畢業了。他們雖然不常見面，但透過LINE，澤良知道這孩子已懂得善用時間，就算等候放榜，也把握機會去打工，讓他十分欣慰。

愛 無所不在

出生在四〇年代的澤良，回憶起早年唸書時，老師都將學生與學生家長視為關心的對象，會去做家訪。慈大附中也是一樣，每一個孩子的家，慈懿爸媽都得去，不論他住得多遠。

但並不是每個家訪都能順利成行，有些父母礙於家庭經濟或單親所產生的自卑，而不斷拒絕，有些則有隔代教養的問題。澤良每次打電話去曉軒家都是他外婆接的，家訪後才知道他的父母生意失敗且負債累累。因為擔心債主找上門，只好把他交給外婆，兩夫妻遠走他鄉。孩子的學費、生活費都是他親戚負擔的。家訪時，澤良以自己曾經生意失敗的例子和外婆分享，請她勸女婿要勇敢面對，外婆聽完抱著澤良放聲大哭。之後，澤良便經常打電話去關心外婆，也告訴曉軒不要忘記親戚的恩情。

一日為慈懿爸媽，隨時關懷送到家。妮妮是個好勝心很強的孩子，高一在班上的成績數一數二。二年級時因為重新編班，調到了成績較好的班級，在求好心切的壓力下名次跟著滑落，到了二年級下學期，甚至有憂鬱症及自我放棄的傾向。最後，在她父親前往花蓮照顧陪伴下勉強讀完高中。有一天，班上的懿德媽媽無意間在臉書上，看到她寫的「好想去死」的悲觀字眼，立即告訴澤良，大家決議隨即前往關懷。聯絡上妮妮本人後，她開心地表示好想和慈懿爸媽聚一聚。澤良因為不放心她單獨外出，於是也邀請她的父母親同行。那一天，十二位慈懿爸媽都到齊，讓妮妮的父母非常感動，直說：「你們慈濟真的沒得嫌，孩子已經畢業了，售後服務還這麼好。」

另外，還有一個男同學，雖然升上國中了，但體型還停留在國小階段，比班上同學矮一大截、瘦一大圈。同寢室的同學經常拿他開玩笑，一次玩過火，甚至把他關在衣櫥裡，這讓原本就十分自卑的他，對自己更是信心盡失。慈懿爸媽以天生沒有四肢的力克・胡哲（Nick Vujicic），以及《五體不滿足》的作者乙武洋匡的故事，透過影片與他分享，讓他知道，有些人儘管先天不足卻永不放棄自己。這個孩子後來不但不再自卑，反而變得非常陽光，最後還考上北部一所大學的大眾傳播系。

孝親日　煩惱放空

慈大附中的孩子大部分都住校，只要沒有重要的活動，或是考試之前，學校都會安排孝親日讓孩子回家，也就是每隔一、兩個月回家一趟，住個兩、三天。除了讓孩子們把所學的生活禮儀帶回家外，也藉此拉近親子間的距離。

每次孝親日的時候，澤良都知道哪個孩子搭哪一班車，幾點鐘到家，他會算準時間，在他們抵達家門的時候撥電話到家裡，不論他們住多遠。這種無微不至的關懷，深深打動孩子的心，自然而然地會把心事告訴澤良。

「告訴澤良爸，你為什麼會來慈中唸書？」有一天，小天到慈懿室時，澤良趁機問他。

「我爸媽說我在家會帶壞弟弟妹妹，所以乾脆把我送得遠遠的，越遠越好。」小天低下頭，聲音越來越小。澤良感受到孩子的心情，和團隊討論後，決定擇日去作家庭訪問；當天，他們巧妙地把小天支開，再與林媽媽慢慢溝通。

「我們只是隨口說：『你在家好吵，乾脆把你送遠一點去讀書好了。』就這樣而已。」林媽媽十分震撼，想不到父母不經意的一句話，孩子卻重重地放在心裡。為了幫孩子打開心結，澤良建議林媽媽，下次孩子回來時記得多關心他，多煮一些他喜歡吃的菜。又一次孝親日時，孩子剛離開家準備返回學校，林媽媽就迫不及待打電話給澤良，直說孩子完全不一樣了。小天到了學校也主動告訴他：「這次回去媽媽對我特別好，不知道發生了什麼事？」澤良好開心，他又成功當了一次潤滑劑。

在慈懿會度過十一個寒暑，澤良笑稱自己快要從慈誠爸爸升格為慈誠阿公了，當他聽到慈大附中的孩子說：「您跟我爺爺好像喔！」他才驚覺一轉眼的光景，自己也有點年紀了。談到他在慈懿會最大的收穫，澤良語帶驕傲地說：「我現在是兒女成群啊！」

為孩子找到一個好爸爸

撰文：彭鳳英

漫長暑假結束，慈大附中校園裡，師長及慈誠懿德會為迎接第十一屆新生而忙碌了起來。一年級的慈懿爸媽們，在學期開始前已收到校方提供的班級名冊；包括師長、新生、慈懿爸媽。新生訓練中，有一堂課「相見歡」，是安排學生們和慈懿爸媽見面、相互認識的課程。相見歡時，一個女學生對廖麗燕說：「麗燕媽媽，我們班是單親家庭耶！」麗燕問：「為什麼？」女學生回答：「妳看，別班都有慈誠爸爸，只有我們班沒有。」麗燕想了想說：「好吧！我回去找個爸爸來。」

回家後，麗燕告訴先生陳新傳關於班上孩子的反應：「我答應他們要找個爸爸，我覺得你很適合，不如你來我們班當慈誠爸爸，好嗎？」班上孩子的一句話，讓麗燕積極邀約，促使新傳一腳踏進慈懿爸媽這個領域。

當新爸爸 很緊張

九月份開學後，第一次慈懿日時，新傳就被推選為班長，負責與導師、慈懿爸媽的聯絡工作。新傳愣了一下，原本只是陪伴的角色，怎麼成了班長？班長應該由麗燕來擔任，她比較有經驗，但大家都說只有一位慈誠爸爸，於是新傳爸爸便順理成章成為班長。「我完全沒有經驗，做好自己很簡單，要與人互動就有很多的考驗。」新傳沉思一會兒，心裡想到：「上人說的，做就對了！」

「孩子們，快來找爸爸媽媽們吃冰囉！」（上）
新傳爸爸在麗燕媽媽的邀約下，歡喜投入陪伴孩子的行列。（左下）
新傳爸爸開心地與孩子們揮手打招呼。（右下）

左一聲班長爸爸、右一聲慈誠爸爸，新傳連回答都來不及，還要思考如何與班上三十多位孩子、十一位懿德媽媽建立默契？平時該怎麼保持聯繫？每個月慈懿日餐聚的工作分配？還有老師、家長的互動等等，新傳不禁眉頭深鎖。知夫莫若妻，麗燕看穿了他的心思，為了讓班長爸爸無憂無懼，她承諾：「新傳爸爸，你不用擔心，聯絡班級媽媽、家聚餐點、家訪的路線規劃和家長的聯繫，我有經驗，包在我身上。」

承擔慈懿爸媽，是對法師的承諾，這個角色無法像其他勤務一樣，可以由別人來補位，必須要親力親為，萬一和社區勤務撞期時，應該要以慈懿會的勤務為優先，這是每位慈懿爸媽的默契。但是每個人來自不同的社區，在社區所承擔的功能也不盡相同，因此實際運作時，難免有一些困擾。新傳僅能憑藉著法師教誨：「人與人之間，必須要互相體諒。」以此釋懷。

新傳爸爸、麗燕媽媽這一班，像是培養慈懿種子的場所；三年一輪，孩子畢業了，有些慈懿爸媽因家業、事業或其他因素必須離開慈懿會，因此續任的慈懿爸媽也要打散，分配到各新生班級帶領新加入的慈懿爸媽。第一次加入慈懿會的人沒有經驗，就像每個人剛到一個新環境都會覺得很陌生，當然也會有新的磨合，相對地需要更多時間、耐心溝通。因此麗燕覺得，陪伴新成員所付出的用心不能少於孩子，應該視同孩子一樣，甚至更要多一分關心；舊識共事默契當然會比較好，但還是要不斷注入新血，否則將會青黃不接，對慈懿會的永續經營是會有影響的。

每一次慈懿日之前，夫妻倆分工進行瞭解教案內容、承擔家族準備的情形、出席人數、餐點。新傳很感恩：「幾年下來，大家都很配合，把慈懿會的事當作自己的事，有了共同的心念，才能融洽完成任何一件事，尤其是麗燕幫我最多。」麗燕笑答：「你承擔班長爸爸，我當然要從旁協助，要當你的第二雙手。」

接手特別任務

和孩子互動中，有歡喜、有考驗，有一天，接到班導師的電話：「新傳爸爸，我要拜託您一件事。」接到這通電話，他以為是老師或學校方面有什麼問題，老師說：「我們沒事，有一位同學的爸爸往生了，我先買了車票讓孩子回去了。他身上沒有多少錢，您能到臺北車站接他送回家嗎？」新傳夫妻倆討論後，馬上聯絡班上的懿德媽媽，同時也聯絡當區的志工，先到孩子的家助念，陪伴他的家人。

「阿忠沒有手機，臺北火車站這麼大，他會在哪裡等啊？」找不到孩子，新傳和幾位懿德媽媽著急得像熱鍋上的螞蟻，十多分鐘後，接到老師來電：「新傳爸爸，您們到了嗎？孩子還在等！」電話一來一往，終於接到阿忠了。新傳爸爸擔心孩子受衝擊，其實，臺北火車站到阿忠家只需二十多分鐘車程，但是新傳足足開了兩小時才到。為什麼要開這麼久？新傳沿路都在思考該如何讓孩子接受事實，真的不容易，一定要想方設法安撫他。

「大人面對死亡，有時也會很惶恐，何況十幾歲的孩子！」新傳盡量把車速放到最慢，開著開著，看到路邊賣蛋塔的攤位，馬上停下來，一來買些蛋塔讓孩子填飽肚子，二來爭取更多時間和他聊，讓孩子心裡有準備，抵家門前，新傳一再交代：「爸爸已經往生了，你要多關心媽媽。」阿忠似懂非懂，聽了慈懿爸媽的叮嚀，才明白回到家該做些什麼事；進了家門，孩子馬上安慰媽媽：「媽，不要難過，我會好好孝順您。」

告別式當天，慈懿爸媽全程陪伴，他的阿嬤、姑姑和媽媽，希望他轉學回住家附近的學校就讀。但是新傳和懿德媽媽與主任、老師討論後，認為不要改變目前求學的環境，安定對孩子才是最好的。慈懿爸媽耐心與他家人溝通，並分析現況讓他們了解；留在慈大附中，班上有三十多位情同手足的同學、好朋友，可以陪伴關心他。轉到新學校、新環境，必須重新適應等等，他的家人終於答應讓他留下來，後來阿忠還順利考上國立大學。

安撫焦慮媽媽

慈懿爸媽除了每個月一次的慈懿日，到學校和老師及孩子聚會，還有一個重要的任務，就是家庭訪問，通常會選在第一個暑假或寒假，到孩子家拜訪家長，藉此瞭解家庭狀況，方便往後的陪伴與關懷。

有一個住在高雄的孩子，父親是國中輔導老師，要升高二之前的暑假，家訪的行程還沒安排好，他的媽媽打電話給麗燕：「你們怎麼還沒來家訪？」麗燕告訴她：「我們正在安排，確定日期後會和您聯絡。」第二天她又打來了，盡說兒子的不是；一回家就玩電腦，不讀書，考試考得很差，才考三百八十幾分。麗燕問她：「您要不要聽聽我兒子考幾分？我兒子考一百七十八分。父母望子成龍很正常，但是對孩子是不是多一些包容……」

不等麗燕說完，她又說：「妳不曉得，他非常叛逆，在家裡跟我們處得不好，還會打我。」麗燕愣住了：「妳先生既然是輔導老師，應該很懂得孩子的心理，再說孩子為什麼要打妳？」「輔導老師？沒有用啦！我打他，他反抗就打到我了。」麗燕笑答：「他不是打妳，那是他本能的反射動作。」

麗燕答應會和老師談，同時告訴她：「這一年來，妳的孩子在學校的表現優秀；和同學相處得很好，成績不差，不曾口出惡言，更沒有暴力行為。」麗燕透過班導師，進一步了解這個孩子的家庭：父母希望他長大以後，要照顧腦性麻痺的妹妹，因此把所有希望放在這個孩子身上，對他的要求特別多。

家訪時，麗燕告訴他媽媽，多給孩子一些時間、空間，不要給孩子這麼大的壓力，他已經很認真了。可是孩子的媽媽卻一直咒罵孩子，絕對考不上好學校，結果這個孩子很爭氣地考上了國立大學，也參加了學校的慈青社，還幫忙弱勢家庭的孩子免費補習。「事隔多年，雖然不知那位媽媽有沒有改善教育方式，但這個孩子沒有走偏，還懂得回饋社會，這樣就夠了。」

棄威權　兒孫滿堂

五〇年代出生的新傳，在父母的威權教育中長大，尤其是父親嚴厲的態度，「任何事爸爸說的，你就要聽，你就是要做。」這種觀念在他的心裡早已根深柢固，所以對子女也是採取命令式的教育；但是孩子會頂嘴、會反駁，疏遠的親子關係讓他苦惱不已。進了慈懿會這個領域，他才深深覺得：「教育孩子是一門大學問，我根本不及格！」當了慈誠爸爸之後，在學校不僅輔導、陪伴孩子，還包括和老師、家長的互動，終於領悟了溝通的重要。

這些學習或許在社會上、甚至在加入慈濟後，都是新傳還沒有做好的功課，但來到慈大附中慈懿會卻讓他學會了，這幾年來親子互動有了很大的進步，令他極為欣慰。雖然說不出：「兒子，我愛你！」但他換個方式，當兒子打電話來說要回臺北，他會回答：「等你唷！」新傳以間接方式表達對兒子的愛，他相信：「兒子應該知道我很愛他，呵呵呵！」

相較於新傳的嚴格，麗燕是個百分百的慈母，到了學校，她也是如此。孩子們高三面臨選科系的抉擇時，除了老師，也會和慈懿爸媽討論，商場經驗豐富的新傳爸爸建議他們：「興趣以外，還要考量未來的就業市場。」回到家，當自己的孩子面臨同樣問題時，新傳欣然接納女兒要轉系的想法，麗燕一點也不訝異；因為她也是在承擔懿德媽媽後，才學習以更多的同理心，以愛自己孩子的方式來教導這些孩子，以陪伴這些孩子的心情來教育自己的孩子。「這都是在懿德領域裡學習到的，不是我們在帶孩子，是孩子們在教導我們成為更稱職的父母。」

「前陣子新傳爸爸腳受傷，第十一屆的孩子知道了，十幾個人來看我，就像自己的孩子一樣，真的很貼心。」十多年來和孩子培養深厚的情誼，要說最貼心的，麗燕數都數不完，若是最勤快的，要算第八屆的廖家樑。打開手機，看著天真可愛的孫子，麗燕笑得合不攏嘴：「你看我已經當懿德阿嬤了。每隔一段時間，家樑會帶孩子來家裡拜訪，他幾乎每天都會用LINE問候呢！如果要到臺中家訪，他還會來帶路喔！」

「其實我們在孩子的人生中只是過客，孩子往往有可能是我們的貴人；我們會持續在懿德這個領域，最主要的動力是來自這群純真的孩子。」一夫妻倆深受孩子年輕朝氣的影響，知道社會現在需要的是什麼，缺的是什麼。「若只是在社區裡，可能看不到社會的演變，或許會跟不上腳步，孩子是激發我們不斷學習的最大動力。」

以愛傳愛　灑校園

撰文：邱蘭嵐

「爸很偏心，對慈中孩子比較好，都會跟他們抱抱。」四十歲長子詹明宏已屆壯年，仍會吃醋；父親詹金標語帶無辜地辯解：「哪有？我也會跟孫子抱抱。」母親陳桂玉長期在慈濟親子成長班擔任志工，她老實地幫詹明宏補上一支回馬槍：「是啊！比對親生的都還要好。」

年輕時的詹金標脾氣暴躁，孩子不聽話就打就罵。騎摩托車到家門口，還沒熄火，孩子聽到聲音就趕快跑回房間躲起來，誰想得到……詹金標會加入慈濟志工行列，二〇〇二年受證慈誠、二〇〇六年承擔慈大附中慈誠爸爸，只消十多年的時間，就把全身銳氣磨盡，變成孩子與志工眼中，慈祥和藹的——金標爸爸。

建立績密聯絡管道

「金標爸爸，你好厲害喔！領帶打得又快又挺。」「這沒什麼，多做幾次就會了。來，我們再做一次。」每年慈大附中新生訓練相見歡後，晚上慈懿爸媽分別至男女宿舍，協助指導班上孩子處理房間內務，包括摺被、洗衣、曬衣都教，讓生活教育落實在日常中。

為加速建立師長與孩子間的信任感，讓感情能在短時間無縫接軌，詹金標班上的慈懿爸媽展現超強默契與團隊凝聚力，剛與孩子認識，就製作出有照片、姓名及爸媽聯絡電話的小冊子，快速將孩子姓名刻印在腦海中。第二次見面，遠遠就能叫出名字，孩子受到重視，自然樂將「爸爸」、「媽媽」掛在嘴邊喊。

好的開始是成功的第一步，能讓孩子在口頭上「接受」慈懿爸媽為人生「第二、第三……」父母，是很開心的事；團隊成員都覺得很幸福，不用經過挺肚、陣痛的懷孕過程，就能有這麼多可愛的孩子，可以讓他們愛護與照顧，更要扮演好父母角色，用心經營班級和諧；而人與人之間要熟稔，不只要合心關懷、分組運作，還要實地關心，注意人與人之間的溫度。

仰賴科技的進步，金標與班上的慈懿爸媽先建立三個隨時接收、互換訊息的LINE群組，一個是專為班上慈懿爸媽而設，可做每月慈懿日或到校值班前，課務規劃、注意事項與議題資料搜集，方便副班長蔡惠琦建立會議草案；經過實地會議、討論定案後再切實執行，會後也把握這難得見面的機會，餐敘、聊聊近況或分享。

懿德媽媽褚玉萍說：「我們這班爸媽真的很合，多採用年輕人的想法，討論結果出來就全體配合。爸媽也各司其職，像另一位副班長陳淑玲媽媽就是行動派，這個月慈懿日才剛結束，就馬上著手安排下個月活動。」

另外，金標爸爸牢牢記得班上老師及慈懿爸媽的生日，自製手工卡片與小禮物，選送的禮物是重「情義」不重「價格」，他每年自定主題，二〇一五年是「送健康」，所以他準備計步器與夥伴們結緣，還幫大家記錄個人專長、出勤時間及嗜好。一看到或收到人家送給他的物品，第一個想到就是要分享給團隊爸媽、孩子或老師。

第二個LINE群組是為慈懿爸媽與師生特設的「7-11」專線，可以遠距離了解孩子們在校訊息，適時提供協助與幫忙，作為孩子最佳的精神支柱；就算日後孩子畢業，金標爸爸與團隊爸媽還是能透過LINE群組噓寒問暖、相互關心，或在重要節日送上祝福話語，有時還會跟孩子相約到家中聚聚，情誼歷久不衰。譬如二〇一五年蘇迪勒

慈懿爸媽們扮演好父母的角色，用心經營班級和諧，建立起家人般的情感。（上）金標爸爸與慈懿爸媽們一筆一畫在給孩子的生日禮物上面，畫上專屬的動物圖案。（下）

颱風造成新店烏來山區受創，慈懿爸媽邀約孩子一起去災區打掃，帶著他們實際體會見苦知福的意義，孩子歡喜允諾且認真投入，從而落實「機會教育」。

第三個LINE群組則是「大人的私房天地」，成員有慈懿爸媽、老師與家長們。透過了解、溝通與學習，了解孩子在家生活習慣、在校學習進度，以及同儕間相處狀況，最重要的是請家長「相信慈濟，把孩子交給慈懿爸媽一起照顧。」團隊拿出真心與十足誠意相待，家長也給予良善回應，讓孩子在校學習無後顧之憂。

而這三個LINE群組還有超強「召集」功能，常給團隊成員帶來感動與意外驚喜，像是懿德媽媽陳銚的母親在臺中往生，班上慈懿爸媽全員到齊，送老人家最後一程；還有一次，班上一個孩子要出國，臨時才私下告訴最年輕的蕭志傑爸爸，志傑立即通知慈懿爸媽們，與一位懿德媽媽和一位班上同學馬上趕到機場，帶給孩子意外的驚喜與感動。

玉萍媽媽的孩子也是慈大附中畢業生，本來她對承擔懿德媽媽沒興趣，希望別人照顧自己孩子就好。當她看到自己的孩子受到慈懿爸媽疼愛照顧，自己也與慈懿爸媽有更多接觸後，發現他們歡喜和悅且有耐心地對待家長與孩子，很能體會淑玲媽媽說的：「因為有使命，更要圓滿承擔。」所以她效法前輩精神，四年多來，日日歡喜承擔。

愛仍在　緣不忍斷

金標擔任慈誠爸爸十一年來，曾經痛失一位聰明、敏感但憂鬱症纏身的孩子。這個孩子畢業才半年，就在就讀的大學跳樓自殺。告別式時，慈懿爸媽都到，一路相陪。孩子往生四年，詹金標每年不間斷關懷孩子的爸媽，接引他們成為慈濟人。

只要提到這件傷心事，五十八歲的金標爸爸難免眼眶含淚、聲音哽咽顫抖，這個孩子擁有許多的愛，臉書有人代為更新，他與團隊爸媽到現在都還時時上網讀訊息。事件發生後，團隊爸媽更用心關懷每一位孩子，他們跟孩子說：「你是我們的孩子，有任何問題請找我們。」

因為有愛，所以要更用心以對。王淑慧媽媽手巧、貼心想法也很多。今年慈懿會給慈懿爸媽的新生禮主題是新生名牌。淑慧媽媽帶團隊在手工名牌上繪上雙手擁抱的家，就是想讓孩子們知道，在慈大附中就是「有愛一家人」。

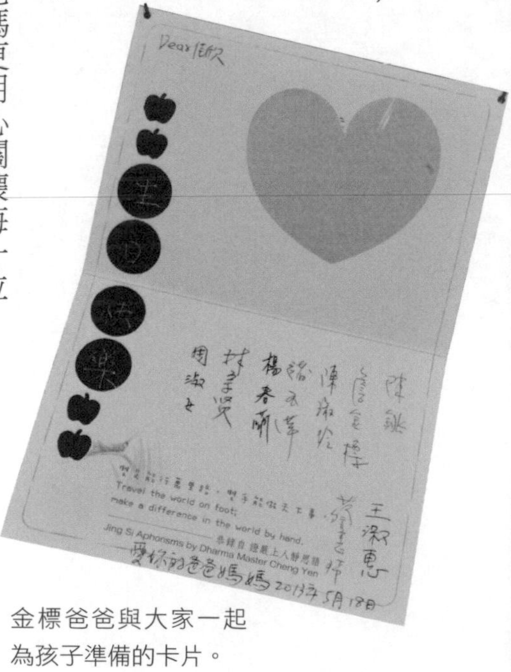

金標爸爸與大家一起
為孩子準備的卡片。

「這家人」會在孩子生日前，給一句有意義的話及慶生禮物。慶生禮物已規劃好，第一年要送有名字的專屬手繪手帕，代表每個孩子都是獨一無二，同時也將環保惜物觀念置入；第二年會送有名字的專屬手繪襪子，在國外居住二十多年的淑慧媽媽說：「西方國家很重視聖誕節，孩子會掛上襪子等聖誕老人送禮物。有名字的專屬手繪襪子裡面裝滿慈懿爸媽的愛，與最深的祝福。」第三年慶生禮是手工製悠遊卡套子，希望他們不僅能多讀書，還能行萬里路，打開視野，增廣見聞。

另外，金標與團隊爸媽每月還提供五個進步獎，由老師決定獎項名稱與得獎名單，再請慈懿爸媽頒獎，主要是希望多鼓勵班上孩子，培養積極向上態度。老師與孩子將這分鼓勵，從個人擴及到班級榮譽，甚至跨越年齡與對象。好比畢業多年的孩子，年年回校參加運動會，看看帶過他們的老師與慈懿爸媽，還會與在校學弟及學妹們團聚、互動，協助他們設攤、比賽。

金標與團隊爸媽帶過的孩子，不曾在畢業後展翅飛走，反而年年燕鳥歸巢，共享天倫之樂。

立下彼此愛的約定

「我們向左邊走，我們向右邊走，我們走、我們走，我們走不停，一個跟一個……」三十位孩子與家長、老師、慈懿爸媽，組成近九十人「大舞群」，圍成兩個同心圓，一起邊唱、邊跳、邊交換舞伴，象徵「人生」階段性圓滿，同時緣續不斷。這是二〇一五年六月，金標與慈懿爸媽為班上孩子舉辦畢業晚會，淑慧媽媽設計的「迎賓舞」。

慈懿爸媽用活潑、熱鬧與溫馨的方式，與老師、家長、孩子許下「在一起」的承諾，沖淡些許「暫別」的感傷，卻也帶來更多感性的「約定」。「謝謝爸爸媽媽三年來的照顧，謝謝！」「謝謝慈懿爸媽對我家孩子的照顧，就算孩子畢業，我們還是要常常保持聯絡喔！」

慈濟人付出無所求，但付出後，往往有更大的收穫，是始料未及的「歡喜」。「我們以爸爸媽媽的心照顧孩子，只想怎麼樣能做得更好，能為孩子多付出一點，為我們的下一代多盡一點力，那麼，社會多一個好人，就少掉一個壞人。」金標代表慈懿爸媽說出心裡的話。

金標做了十一年的慈誠爸爸、十年的班長，才學會與孩子相處，明白其實不用打罵，就能教育出好孩子。

「您快樂嗎？我很快樂。」這不是歌詞，是金標內心的話，他肯定地說：「我會一直承擔慈誠爸爸。」他的快樂，家人看在眼裡、感受在心裡，尤其是結髮四十年的陳桂玉。「金標，你幫我推薦。」「推薦什麼？」「推薦到慈中當懿德媽媽，我也要享受再當『媽媽』的快樂。」一想到能與金標及慈大附中慈懿爸媽一起投入慈懿行列，將愛灑在校園裡，陳桂玉不禁笑逐顏開……

接力陪伴 讓愛不中斷

撰文：盧筱涵

那天午後，張美雪接到了一通緊急來電，電話另一端是兒子在花蓮慈大附中的舍媽，「美雪媽媽，您兒子現在因為腸胃炎正在花蓮慈濟醫院急診室。」

張美雪一聽心都慌了，想當初不顧家人反對將兒子送到剛成立的慈大附中就讀，兒子在那邊唸書並不適應，一有狀況就得即刻趕火車到花蓮去陪伴他，如今兒子送急診，自己還在上班，該如何請假以及趕緊訂車票，甚至是接踵而來的種種問題還來不及細想，就塞爆了整個腦海，讓張美雪比以往更加地焦慮不安……

我的孩子 她來照顧

就在思緒還沒找到出路時，電話又響了，美雪一聽到舍媽的聲音就迫不及待地拜託著：「舍媽，可以先請您幫忙陪陪孩子嗎？就算我現在訂到火車票，到花蓮也已經晚上了！可以請您先在醫院陪伴他嗎？」電話中美雪一口氣把話講完，完全沒給舍媽插話的機會。

「美雪媽媽，請不用擔心，我就是要通知您不用特地買車票過來了。」舍媽聽完美雪的話之後，緩緩地道出了好消息：「您兒子現在已經穩定下來，只要打完這罐點滴就可以出院，您放心，我會幫忙照顧他的！」

舍媽轉述孩子的病情穩定，並且再三保證一定會到醫院陪伴兒子，美雪的心情才稍稍平復下來，開始在心中默念著，「上人不是說過，要把對孩子的操心，轉變成為對孩子的祝福，我為什麼一直做不到，我一定要轉換念頭，一定要……」

美雪一夜難眠，幸好隔天兒子終於可以出院，讓她放下心來，兒子在電話中報平安時透露，其實舍媽昨天晚上並沒有陪伴在他的床邊，反而是待在急診室外面的車上隨時待命。

他們的孩子 換我陪伴

美雪聽了十分震驚，舍媽既不是自己的親友，更不是兒子的級任導師，但是她卻願意對自己承諾會照顧好孩子，甚至顧及如果留在孩子身邊，反而無法讓他安心休息，因而選擇在外面保持距離，等待孩子打完點滴，再送他回學校。這一切舍媽都默默地做，未曾向她透露出任何訊息，讓美雪大為感動，心中暗自決定，將來如果有機會也要學習舍媽愛護學生的精神，善待身邊的每一個孩子。

美雪媽媽分享生活經驗，孩子們聽得津津有味。（上）
鸚芳媽媽（右下）在美雪媽媽（左下）身上學習到如何更貼近孩子們的心。

沒想到在兒子升上國二那一年，舍媽來電給了美雪一個陪伴學生的機會。

「美雪媽媽，我看您這麼關心孩子，要不要報名今年的慈懿會，承擔懿德媽媽的角色？不但可以定期來看您的兒子，還可以再去陪伴更多的學生！您有意願嗎？」舍媽殷勤地邀約美雪，美雪二話不說便答應了！

開學的第一天，因為來自新竹的美雪和池秀珠都是新加入的媽媽，所以兩人的任務就是協助做陪伴學生的記錄。在陪伴班級的三年過程裡，藉由每個月固定一次的慈懿日及許多活動中，兩個人看見慈懿會對於陪伴學生及老師的熱忱，甚至在畢業典禮上，美雪還看見了他們因感動而流下了淚水。

其實美雪與秀珠不明白他們為什麼會落淚，兩個人在回新竹的火車上，不但討論著他們的淚水，同時也互相分享彼此這三年來的心得，彼此都認為自己似乎只是扮演著單純的小角色，負責在旁陪伴記錄，好像還體會不到那樣的深層感動。但是美雪與秀珠覺得無妨，因為能這樣順利地陪伴完一個班級，對自己來說，也算是成功完成任務了，至於要不要再繼續陪伴，兩人都還在思考著。

這個時候舍媽又找上了美雪，對她說：「每個地區都有自己的慈懿團隊，只有我們新竹區目前還沒有，不如我們來邀約大家一起組成新竹的班級團隊，您覺得呢？」原本想退出的美雪，看到同為新竹人的舍媽，開始廣邀新竹的志工投入陪伴慈大附中學生的行列，當初想陪伴學生的熱忱又再度被燃起了。

大家的孩子 一起來關懷

當新學期開學前，美雪驚訝地發現，在舍媽熱情邀約下，順利找齊了十位新竹區的慈誠爸爸和懿德媽媽，組成屬於新竹的班級團隊。比大家多一次帶班經驗的美雪自然是班長的不二人選，從此開始帶著新竹團隊陪伴慈大附中的老師與學生。

秉持著加入慈懿會的初心，美雪相當用心陪伴老師，舉凡班親會、學生家訪，甚至是學生家中臨時有狀況，只要班導師向她提出需求，美雪總是二話不說，馬上給予最實際的幫助，親自到場，陪伴到最後。

美雪這樣的用心關照大家沒注意到的細節，五年前由美雪邀約進入慈懿會的年輕懿德媽媽——譚鸚芳體會最深，當初跟美雪只是同事關係，但每次在辦公室的茶水間裡遇到美雪，總是會聽到她分享陪伴慈大附中學生的點點滴滴，美雪也會邀約她一起到社區的兒童讀經班陪伴小朋友，更直接地說：「妳很適合加入慈懿會，一起來陪伴慈大附中的學生吧！」因此在譚鸚芳受證之後，便推薦她一起加入慈大附中的慈誠懿德會。

愛就是額外的貼心

對於才剛帶兩屆的鸝芳而言，一開始確實只會陪伴自己班上的孩子，但是自從班級學生高二分班之後，她發現到，美雪每次準備的點心總是特別多，但也總是最快分完，而且身邊常圍繞好多學生，無論是剛分到別班的學生，或是她曾經陪伴過的學生，每個學生都來問候美雪，享受美雪額外準備的點心。鸝芳突然明白了，原來美雪不但準備老師的點心與禮物，帶給學生的點心，除了提供給現任的班級，她都還準備額外的分量，要給她曾經陪伴過的學生和導師，讓他們知道美雪媽媽還是記得他們，也依舊在關心他們的！

此後，鸝芳也學會了這分細膩的心思，了解到學生們只是單純希望得到慈懿爸媽的問候，從這一份小點心，享受慈懿爸媽對自己的關心，這樣就知足了。就如上一屆有位高三的學生，平常都不說話，

美雪媽媽與同樣住在新竹的爸媽們於慈懿日前一天，來到學校宿舍關懷孩子。

也與慈懿爸媽互動不多，但是在畢業前某次大合照時，他突然對鸝芳說：「為什麼你們可以做得這麼開心？即使我們不理你們，但你們依舊每次都準備這麼多食物給我們，還這麼熱心地關心著我們？」對於鸝芳來說，這已經是一種肯定了，表示自己所做的一切，確實能讓學生感受到被關心與被照顧；或是逢年過節時，學生的來電問候，也讓鸝芳覺得心滿意足。

然而，新手媽媽鸝芳還來不及向資深媽媽美雪再多多請益時，美雪突然生病，不得已暫時待在家中休息。雖然大家捨不得，但還是希望美雪能先向慈懿會請長假，待身體恢復之後再回來。雖然一心掛念著慈懿會每個人，但美雪心中也慶幸著，新竹區的慈懿團隊目前已經有三個班級，她在這屆開始帶班時，就決定退居在一堂做陪伴，每年安排幾位慈懿爸媽輪流擔任班長與副班長，如今自己儘管缺席，整個慈懿團隊仍然可以維持正常的運作。

您的精神 我們的典範

雖然美雪暫時向團隊請假在家休養，但新竹慈懿團隊的LINE群組對話視窗裡，仍時常出現美雪愛的問候。「九月的車票訂了嗎？」、「敬師的教案準備得如何？記得要奉茶喔！」、「如果沒有直達新竹的票，可以分段訂票，或是請臺北團隊協助，只要回到臺北，其他的就好辦嘍！」美雪仍然扮演好陪伴的角色，叮嚀現任班長及副班長該注意的事項。

雖然鸝芳帶班年資尚淺，還不在輪值班長的名單之中，但是在美雪生病的第一時刻，鸝芳便馬上主動承擔新竹區的火車訂票工作，甚至在每個月返校前夕，主動邀約大家一起出來討論當月的教案，對於鸝芳而言，雖然自己帶班年資才兩屆，但是在參與的這段時間，從美雪的身上，已經學習到很多，也做得很歡喜，因此更願意為整個團隊，以及為學生與老師們付出。

尤其，當大家得知美雪生病時，鸚芳就在臉書上面看到一對美雪曾經陪伴過的學生，張貼著學生一家人的全家福，上面寫著：「謝謝當年美雪媽媽家訪時，為我們一家人拍下來的大合照，如今也只成了唯一。」原來這對兄弟先後都曾經是美雪陪伴過的學生，而他們的媽媽最近剛過世，因此特地翻出這張照片，不但感激美雪曾經為他們一家人留下的全家福，更祝福美雪趕緊恢復身體健康。

這讓鸚芳又一次因為美雪曾經為學生的付出，體會到即使是順手之勞，都能蘊藉著讓人感動許久的溫暖，因此更期許自己能繼續待在新竹區的慈懿團隊，跟著大家一起陪伴學生。而美雪帶班的細心，不但是鸚芳學習的典範，更是新竹慈懿團隊的精神指標，相信新竹慈懿團隊帶給慈大附中的關心與陪伴，未來依舊不減。

【參】孩子 我懂你的心

每次與孩子相聚雖僅短短一百分鐘，慈懿爸媽將心比心，使盡渾身解數，走入孩子的內心世界，扮演好傾聽者的角色，讓孩子心靈得到慰藉，感受到「爸媽」是可以依靠的人。

父子情緣
生生世世

撰文：劉　對

「施居士！你現在有幾個女兒了？」那一天，證嚴法師在花蓮靜思精舍裡信步而行，身旁跟著幾位弟子，剛剛才抵達精舍當志工的施義松趕來向法師頂禮。沒想到法師第一句話就把他給問蒙了，施義松愣愣地搔著一頭白髮傻笑。

「師兄！上人在問你話呢！怎麼答不出來？」說話的人是熟識的德宣師父。施義松窘得滿臉通紅，還好法師替他解了圍：「算不出來是正常的，當了十幾年的慈誠爸爸，帶過的孩子當然數不清囉！」

喜獲兒女

十五年前，在第一屆的慈大附中慈誠懿德培訓中，法師在開示時提到：「有一位居士事業有成，家庭美滿，卻因沒有生女兒，常和他家師姊吵架。」現場的慈懿爸媽紛紛將眼光投向施義松，法師也朝著他微笑道：「我現在就送給你很多女兒，你要盡全力疼惜、陪伴她們。」

法師的期許，施義松銘記在心，時刻思慮著如何陪伴孩子。每個月慈懿日前夕，他先邀約班上慈懿爸媽餐敘，除了預習班級經營的節目，也準備大包小包的餐點、生日卡片、結緣品……都是孩子最期待的禮物。

慈懿爸媽和孩子見面那一天，施義松身兼數職最為忙碌。擔任慈懿會學員長，他必須維持全體慈懿爸媽的行儀秩序，在火車車廂上來回巡視著，提醒大家放低音量注意人文；到了學校後，更要求浩蕩長的隊伍整齊肅靜，直接進入演藝廳聆聽學校人文室安排的一系列志業新知與輔導知能等研習課程。午餐時間，施義松仍不得閒，扯著喉嚨請各班級繳交資料或報告其他事項。當事情都交代完畢，飯菜也涼了，才有時間和班級導師餐敘，瞭解班級概況及特別需要關懷的孩子。

在活動進行中，為了維持秩序，施義松有時必須板著臉孔喊口令，威嚴態勢不容冒瀆。然而，當他走進教室即判若兩人，馬上堆滿笑容：「孩子啊！有沒有想我呀！爸爸媽媽好想你們喔！」親切地對孩子噓寒問暖，又是送吃的、遞喝的，盡其所能關懷孩子。但是，對於慈濟的人文規矩，他卻絲毫不放鬆，嚴格要求孩子謹守分際。

每次與孩子相聚時間只有短短一百分鐘，施義松很想進入每一個孩子的內心世界，卻無法一一與他們對話，只能睜大眼睛用心觀察，看到有孩子鬱鬱寡歡、神情落寞時，他會靜靜地走到身邊坐下來，輕輕問道：「在想什麼呢？願意告訴爸爸嗎？」通常孩子會說沒事或是裝酷不理人，施義松返家後會繼續電話關懷，他也要求每位慈懿爸媽至少兩週一次電訪孩子及家長。

曾經為了關懷一位住在花蓮的孩子，他退掉當日回臺北的火車票，專程去孩子的家裡拜訪，和家長一起協助孩子解決問題。施義松自有陪伴孩子的小撇步，牢記每一個孩子的生日，等到見面那一天，他會悄悄走到孩子身邊，拉起他的小手，遞上一張小卡片，溫柔地說聲：「生日快樂。」孩子燦爛的笑容是他最大的回饋。

父子情緣

第七屆學生開學的那一天，面對一班新面孔，全體慈懿爸媽上臺自我介紹後，由一組爸媽在臺上分享，施義松則站在臺下關注孩子的表情。忽然身旁傳來聲音：「施爸！我好像認識您很久了，感覺和您特別有緣，我們可以結更深的父子緣嗎？」「當然可以啊！」施義松馬上挨著孩子身邊坐下來，欣喜有孩子主動示好。他是邱柏誠，圓圓的臉顯得憨厚純真，是一個文靜靦腆的男孩子。施義松留下電話和地址，歡迎柏誠隨時找他聊天，傾訴生活點滴。

簡訊達人

從此，施義松的生活更加忙碌，除了經營日益擴張的連鎖美容院，每天還要回七、八封簡訊，剛開始他樂在其中，每天收到「施爸！您有沒有吃飯？」「施爸！您睡得好不好？」「施爸！我的衣服怎麼都洗不乾淨？」頻繁問候稍可聊慰他兩個兒子都不在身邊的心情。但是漸漸地，施義松心裡有了嘀咕：「整天就是傳簡訊，什麼事都不用做嗎？這孩子怎麼這麼黏人？」對於年近七十的他，回簡訊是相當費時的一件事。

慈懿爸爸媽媽們是孩子最棒的加油團。（上）
義松爸爸也是慈懿爸媽們最佳的學員員長，由他領隊，一切行動整齊有序。（左下）
十餘年來，義松爸爸不但有女兒相伴，連兒子也增加了好幾個。（右下）

柏誠高二時轉到其他班，施義松心想終於可以輕鬆些，不用每天頻繁傳簡訊，應將心思多花在其他孩子身上，於是從一天七、八封減為只回三、四封，後來甚至完全不回信，不理柏誠的奪命連環叩：「呼叫施爸、呼叫施爸……」一直到兩三個星期後……

「施爸！不好意思，這麼晚了打電話給您，請您馬上給柏誠回簡訊吧！他趴在宿舍外面欄杆上，悵然若失的樣子，我怕他會跳下來！」半夜三點多，人文室主任告訴施義松。

「沒這回事啦！不要那麼緊張。」施義松故作輕鬆，其實心裡起了慌，在慈中帶孩子還在摸索中，柏誠就來考驗他。當下閃過一個念頭：「好！管到底了，就當作訪視的個案處理。」他立即傳簡訊：「孩子，施爸最近心情有些不好，睡不著，忽然想到你，也不知是什麼原因？」試著藉由柏誠的問題反問他。瞬間手機裡跳出：「我也還沒有睡覺，好開心又收到您來信，以為您要拋棄我，那麼久都不理我。」經過這次事件，施義松決定繼續和柏誠傳簡訊，持續關心著他。

為了輔導柏誠，施義松研讀心理輔導書籍，認真學習諮商技巧，慢慢引導柏誠思考：「施爸要感謝你，因為要回傳簡訊，我現在變成簡訊達人，你的兩位大哥哥都讚歎我進步神速！但是，施爸還有很多事需要處理，能不能將簡訊減量？」討價還價結果一天剩三封，外加每週一封長達七、八頁的書信。

投射親情

施義松曾經問柏誠：「你對自己的爸爸有這麼勤聯絡嗎？」「沒有，他們不理我，而且我對他們很感冒。」柏誠對父親曾有過脫序的行為很不諒解，或許因此將愛轉移到施義松身上。為了改善他對父親的印象，施義松循循善誘，並以自己的例子輔導他：「施爸年輕、事業巔峰時也曾犯過錯，不是你想像的十全十美，大人也會犯錯，你要學會體諒。」除了鼓勵柏誠常與父母聯絡，也利用寒暑假和柏誠出遊時，藉機到他家拜訪，故意製造他們父子相聚的機會。

「師兄，柏誠自從認識您，都是施爸說了算，我們有點吃醋。」柏誠父母常在電話中跟施義松說，柏誠個性木訥、倔強，不易溝通，有些事還得透過施義松轉達才會接受。柏誠凡事請教施義松，從食衣住行大小雜事到健康諮詢、交友概況，甚至大學選校。當柏誠為選大學舉棋不定時，施義松婉轉建議他：「身為慈誠爸爸，我有責任留住孩子繼續讀慈濟大學，但決定權在你；即使就讀他校，也要參加慈青社，時時記得慈濟人文。」因而柏誠以公費就讀慈大傳播系。

真情表露

高中畢業典禮中，學務處安排慈懿爸媽帶孩子上臺分享，柏誠強忍淚水，哽咽地說：「感恩施爸陪伴三年，知道他的事業做很大、很忙，但是只要我有要求，幾乎沒有拒絕我，而他對我的要求也很嚴格，很多生活規矩一說再說，比我的爸媽還嚴格。雖然畢業暫時離別，但是我和施爸的父子緣是生生世世。」真情告白獲得蒞臨觀禮的證嚴法師頷首讚許。

「一日為慈懿爸爸，終生為父。」施義松自我期許，也如願而行。從柏誠在慈大四年，一直到畢業後在關渡大愛臺上班，施義松對他的照顧仍然無微不至。為他添購棉被、電腦；關心他因多汗症交不到女朋友，鼓勵他勇敢接受手術治療；甚至拚了老命陪他到處租房子。那時候施義松肺部嚴重鈣化，走一、兩百步路就氣喘吁吁，爬兩、三層樓梯已經很勉強，但是為了柏誠，他咬緊牙根，吃力地爬上五樓。

「誰叫他是我的孩子呢！」施義松無所求付出，柏誠也盡心地守護老爸。半年前施義松因胃癌住院治療，從開刀那一刻直到出院，柏誠除了上班時間，日夜守護著他。往後特將休假日排在施爸獨處的週三，不論在家或出遊，他一定要陪在施爸身邊。施媽媽比喻他們：「比情人還情人，即使不說話，只要陪在身旁就滿足了。」

兒女成群

「只要用心帶孩子，他們一定會感受到。」施義松常與人分享心中的喜悅。不只柏誠和他情同父子，所有他帶過的孩子，即使畢業多年也常聯絡，逢年過節總會收到來自世界各地的祝福。第一屆有一個女孩子海洋大學畢業後，在船上當大副，經常周遊世界各國，都不忘帶回當地的紀念品送給施爸；另一位已經畢業九年的孩子，去年結婚時邀請他去高雄參加婚禮，施義松不畏路途遙遠仍然前往，只為了想和孩子續緣；多年前曾在舊金山機場巧遇兩個女兒，親密地對他又摟又抱，異口同聲喊他：「施爸！」那聲音就像天籟之音，最令施義松覺得驕傲與欣慰。

尤其是二〇一五年畢業的班級更讓他感動。雖然施義松在他們三年級時到舊金山養病，無法全程陪伴他們，又因剛動手術不便參加他們的畢業典禮，但是孩子並沒有忘記他，每個人都在卡片裡寫上滿滿的祝福，並且透過電話擴音關心問候，聲聲撼動著施義松內心深處。為了表明自己的愛一直都在，施義松請人將每一個孩子的照片嵌在瓷杯上，希望他們看到杯子就記得施爸。

孩子一個個畢業了，各奔前程，施義松仍守著慈大附中，用愛滋潤每一個孩子。如今十五年過去了，施義松已然兒女成群，遍布在世界各個角落將愛傳出去。「這輩子沒有遺憾了，半夜作夢都會笑。」他自覺是最幸福的人。

給孩子一個倚靠的肩膀

撰文：沈瑛芳

「妳怎麼這麼笨啊！這麼簡單的事情都辦不好，真是拿妳沒辦法……」在自家事務所裡，杜正文大聲地衝著太太吼著。在一九九七年到二〇〇五年間，臺灣房地產市場蓬勃發展，從事地政代書事務所的杜正文事業如日中天，他汲汲營營地接了許多案子；趕不出來就拿家人出氣。軍人家庭長大的他，個性剛強急躁，幸好太太多方包容忍耐，否則離婚收場在所難免。

出生於一九六〇年代的杜正文，因為兩個兒子在小學時參加文山區世新組「慈濟籃球隊」，因此，每個星期他和太太會輪流陪伴孩子去練球，那是第一個慈濟青少年籃球家族聯誼會。當時，他感受到團隊對孩子的關懷與照顧，在長期薰陶之下慢慢認同慈濟，於是，經由同一社區慈濟志工雷兆勳夫婦的引介下，杜正文與太太兩人開始積極投入慈濟，並參加志工培訓課程。

無法抹除的記憶

過去常對朋友說「我家像男生公寓」的杜正文，一心渴望能有個女兒，這願望沒能在自家達成，卻意外地在成為「麥克爸爸」後實現了……。

二〇〇七年九月，杜正文加入慈大附中慈懿會，從承擔國中班慈誠爸爸開始，被稱為「麥克爸爸」的他，不但多了許多兒子，也有了十幾個可愛的女兒，三年後孩子畢業，部分留在慈大附中繼續升學，其他則選擇離家近的學校就讀。孩子離開，讓杜正文心情大受影響，當他還在調適之際，慈懿會又賦予他新任務，二〇一〇年起改為陪伴高中新生，至二〇一五年秋天已帶到第三屆。然而，在近七年的歲月中，讓他印象最深刻的，是第一次帶高中班時所發生的事情，那一段無法抹去的記憶，讓他時常會以此事警惕自己：「人生無常，要及時付出！」

家訪之旅

那年，剛開學不久，慈懿會同班的柯瑪莉媽媽規劃在十一月間，運用學校孝親日進行家庭訪問，瞭解每一位孩子的家庭狀況。

時序進入秋末，氣候舒爽，大家抱著好心情從臺北出發。正文開著休旅車，載著五位懿德媽媽，出發往南行。到了第一站——竹南佑菁家中，佑菁的父母對慈懿爸媽非常讚歎，透過熱絡的談話，慈懿爸媽們從中瞭解孩子的情況，場面非常溫馨。

「爸、媽，我和慈懿爸媽一起去拜訪同學，可以嗎？」基於對慈懿爸媽的信任，佑菁的父母答應了。一路上佑菁協助林碧凰媽媽扮演照相小幫手，依規劃路線，完成第一天緊湊的行程。

途中，洪圳英媽媽順道前往探望年邁的老師，感恩老師當年無怨無悔的照顧，這樣的舉動，讓同行的佑菁感受到師生之間的濃郁情感，對孩子來說這是最好的言教與身教。

生與死的距離

走完當日預定的行程，瑪莉媽媽先打電話至臺中分會做住宿的確認，大家帶著輕鬆的心情抵達臺中，準備養足體力，隔天繼續往南的行程。

當大家回房休息，正文準備要盥洗時，突然手機「嘟嘟……嘟嘟……」地響，他急忙接起電話。話筒那一頭傳來瑪莉媽媽急促的聲音，「麥克爸爸，麥克爸爸，不好了！導師打電話來，說有位住臺中的孩子家裡出事了！」「不要急，妳慢慢說，問清楚是哪個孩子，我們才能過去！」正文當機立斷，請瑪莉媽媽再與導師聯絡，瞭解到是白天才拜訪過的明婷家。她的爸爸下午因車禍而往生，明婷告訴導師她無法回慈中念書。

「怎麼會這樣？下午還好好的！」隨行的懿德媽媽們還處於震驚中。於是正文澡也沒洗，匆忙整裝後，與大家相約門口見，往明婷家出發。

同樣的路線與人，現在卻是兩樣心情。明婷爸爸經營汽車保養廠，下午他將保養好的車子送回給客戶，途中被闖紅燈的車輛撞上，

原本個性剛強的正文爸爸，心變得柔軟，為孩子們帶來歡笑。（上）
正文爸爸為孩子們示範打領帶的方法。（下）

就此天人永隔。來到明婷家中，櫥櫃裡明婷爸爸當義消的公仔依然笑得燦爛。只是客廳變成停放靈柩的地方，所有的沙發都搬到屋外，換成了板凳、高腳椅，靠牆邊用布簾遮掩著，放置著明婷爸爸大體的冷凍櫃，馬達聲隆隆地運轉，現場的情景讓人不勝唏噓，生與死的距離竟然是這麼地近。

震撼教育

明婷媽媽前往警局作筆錄，明婷強忍著情緒，身為長女的她知道此刻必須要堅強，懿德媽媽們在旁陪伴著明婷和妹妹，鼓勵姊妹倆要堅強面對這道人生的課題，引導她們跟著佛號聲為爸爸祈福。等待許久，媽媽回來了，懿德媽媽們緊緊地擁抱著明婷媽媽，沒有太多言語，陪伴他們度過煎熬的時刻，然而明婷和家人都感受到這分溫暖的關懷。安頓好所有事情，已是半夜一點多。

跟著同行的佑菁，參與整個過程，無形中似乎為她上了一堂震撼教育，對於「行孝不能等」有著深刻的體悟，她跟懿德媽媽說：「我一定要好好把握能孝順父母的時刻。」

父女之愛

隔天早上，大家先去探望明婷和她的媽媽，之後仍按照行程前往臺南、高雄，因為還有多位家長和孩子們殷切期盼他們的到來。家訪最後一站是高雄的芬雾，芬雾由媽媽及外公、外婆扶養長大，父親離婚後有新家庭，正值青少年的芬雾處境尷尬——有父親卻不便相認。為了避免面對這微妙的關係，媽媽把她送到離家較遠的慈大附中就讀。

正文的老家距離芬雰家不遠，當第二天完成家訪後，為了將佑菁和其他的媽媽送回家，無法順道探望身體欠佳的父親。未料，父親在十個月後往生，這成為正文心中永遠的遺憾。一連串與生死相關的經驗，讓正文更懂得要把握當下，善用每分每秒，不要徒留遺憾。

善用分秒 不留遺憾

明婷爸爸的事件過後不久，正文在班上輕輕談起，當下明婷哭著衝出教室，但她知道麥克爸爸的用意，希望明婷能有面對現實的勇氣，將思念爸爸的悲傷情緒，轉移到課業。正文透過明婷的經歷提醒班上孩子牢記行善、行孝不能等，那個月的慈懿日，正文叮嚀每一位孩子要打電話回去給父母，感謝他們所賜予的一切。

明婷和芬雰兩個孩子都沒有爸爸，因此，正文每次在慈懿日時，都會帶巧克力給她們，讓她們能感受到麥克爸爸的疼惜。雖然彼此不是真正的父女，但互相之間的那分默契，讓她們知道雖然爸爸已經走了，但還有麥克爸爸和其他爸爸在關心著她們。

隨著時光消逝，明婷慢慢學著放下，畢業後，她考上護理學校，偶爾會打電話與麥克爸爸聯絡，告訴爸爸將來希望能在臺中從事護理工作，回饋中部鄉親，也可就近照顧媽媽。

一期一會的相遇

自己曾經帶過的孩子都能依著理想正向前行，是正文最感到欣慰的事，他期望這些孩子們都是一顆顆善的種子，將來能影響周邊的人，傳揚善的訊息。而他也珍惜與慈大附中孩子一期一會的相遇，願意為他們全力以赴，他欣慰「慈中彌補了我沒有女兒的遺憾！」

換個角度看人生，會有不同的光景。如今，正文不再像之前那樣跋扈，經過人生的試煉後，他懂得以謙恭的姿態處世。明婷爸爸的事件也讓正文領悟，遇到事情心定才能發揮智慧，他把在事務所的工作經驗帶到慈大附中加以運用，瞭解到讓孩子安心，孩子會感受到慈懿爸媽是可以倚靠的人。他更體悟與孩子相處，彼此要給對方空間，才能適時引導孩子講出心中的話。也期望自己的孩子能早日跟上腳步，加入慈濟志工的行列。

當另一個家庭的貴人

撰文：張麗雲

「楊密，你平常也在附近學校帶中輟生，我們自己的慈中需要懿德媽媽，妳為什麼不回來幫忙呢？」有一次，臺中龍井的郭惠娟不解地問她。

身為家庭主婦的楊密，與一般媽媽一樣地養兒育女，但是要去陪伴非親生又叛逆的青少年，她自覺還沒準備好，挑戰太大，一直不敢貿然承接。

直到有一回，她聽到證嚴法師對一群老師開示說：「對我來說，沒有什麼事情會覺得難，可是『教育』為什麼會這麼難？」

「教育為什麼會這麼難？」楊密的思緒如被雷聲震醒，「對啊！上人正需要我們出力的時候，我還在猶豫、執著什麼呢？」

於是，她毅然邁出步伐，走入慈大附中，在二〇〇一年成為第二屆高中的懿德媽媽。

半夜的簡訊

一天晚上，楊密去關懷低收入戶家庭，回到家已經十一點，說了好幾個小時的話，很想兩腳一踢倒頭大睡，突然，「噹——」是簡訊的聲音。「咦，這麼晚了，誰會發簡訊來？」

她揉著疲累的眼睛，翻開手機蓋。「媽媽，我好想跳樓！」是易霆發的，她以為自己眼花了，驚嚇地從床上跳起，睡意全消。她以為已經接近期中考，孩子們都在拚書苦讀，應該沒有什麼簡訊才對，況且在考試前也一一發簡訊叮嚀孩子們早點休息，不過對已經壓力很大的易霆，她唯一能做的，就是教他釋放壓力：「要考試了，該睡覺就去睡，該吃飯時要吃飯喔！」

楊密不敢遲疑，馬上回簡訊過去，「孩子，你有什麼事跟媽媽說沒關係，不要壓力那麼大，先深呼吸……你先去睡覺，也許熟睡一晚後，就會好多了！」他最後才說是同學太吵，怕讀不完，考不好，內心焦躁，只得找「阿密媽媽」訴苦。

好不容易花了一個多小時勸他，終於讓他心平氣和，也答應去睡覺，楊密才鬆了一口氣，但還是放不下心，躺在床上翻來覆去，怪時間跑得太慢，恨不得直接將時針撥到隔日早上八點。

八點未到，楊密趕緊聯繫老師去了解孩子是否如期應試，還好一切平安，心才安定了下來。

想到過去這三年，一路陪伴易霆走來，楊密的心一刻都不敢放鬆……

「媽媽，做人好辛苦！」

時光倒轉至三年前，楊密剛送走第一批高中畢業生，接下國中新生班。易霆是她慈懿家族裡唯一來自馬來西亞的學生，活潑的模樣和成熟的眼神，不像剛從國小畢業的青澀少年。「才幾歲的孩子，離開父母這麼遙遠，要是我的孩子，每天都還膩在身邊，早晚接送上下學，哪捨得他離開自己呢？」迎新時，楊密對這位海外的孩子多了分好奇心。

楊密問易霆：「爸媽有陪你來註冊嗎？」「沒有，我五年級讀完就來了，在臺北學繁體中文。」原來在馬來西亞學的是簡體字，父母怕他跟不上國中同程度的孩子，一年前就將他送到臺北友人家裡，先學繁體中文。

每一次的慈懿日，楊密會故意坐到易霆身邊，找話題跟他聊。一回，楊密聊起時常去關懷弱勢家庭，比如中輟生……。「一些在學校中途輟學的孩子，有的因為父母失去管教而不認真讀書，有的是家境不好，父母為了生活疏忽他的行為……」易霆多半靜靜地聽，沒有多大的反應和回答，楊密知道青春期的孩子，要先和他建立感情，多一分耐性和等待，並不急著了解他心裡在想些什麼？

二年級時，有一次，楊密又跟他分享說：「我也去過觀護所關懷，有些年輕人因為交到不好的朋友而犯錯，所以……」話才說到一半，就被易霆打斷了。

「媽媽，我覺得做人好辛苦喔！如果可以這樣就死去的話，不知道有多好！」他突然冒出的話讓楊密很震驚，「為何一個只是國中一年級的孩子，會覺得生命如此地不堪？」

楊密覺得應該私底下和他聊一聊。「易霆與父母相聚的時間沒有像你們一樣多，媽媽今天想借你們的時間，跟他單獨談一談。」她向家族裡其他的孩子說，接著拍拍易霆的肩膀，向校園走去。

易霆敞開話匣子對楊密說：「同學要用錢，都有提款卡可以領，為什麼唯獨我要去向老師伸手要錢？還有同學都有手機，我為什麼沒有？」他一連串的問題問得楊密一頭霧水，一問才知是林媽媽怕他亂花錢而將現金託付給老師，也禁止他使用手機，怪不得總是雙眉緊蹙，難得看到笑容。有時候，林媽媽從馬來西亞來電，易霆必須從二樓「蹦蹦蹦——」跑到一樓辦公室去接，時間一延誤，長途電話被掛斷，又得跑回教室，常常跑了兩三趟才接到電話，就在電話裡跟媽媽吵了起來。

楊密先安住他的心，「媽媽再來幫你了解一下，看有什麼辦法可以解決？」

原來是父母求好心切，限制易霆自由使用金錢與手機，不過他還不了解父母的苦心，只是生悶氣。楊密告訴自己：「此時此刻只有扮演親如父母的角色，給易霆多一些愛和關懷，重拾他的信心。」於是，即使非慈懿日時，她也會用簡訊或電話，像陪伴自己的孩子一樣，保持緊密聯繫，等待易霆的父母有機會來臺灣，再來跟他們好好溝通。

海外的家訪

一個月一次的慈懿日，與孩子相處的時間畢竟有限，慈懿爸媽透過「家訪」對學生和原生家庭多一分了解，也開了另一扇對話窗口。

在一次慈懿日裡，楊密向孩子說：「你們回去問問家長，看我們什麼時候可以開始去『家訪』？爸媽什麼時候方便啊？」

易霆好奇跑來問：「媽媽，什麼叫做『家訪』？」

「就是想認識你們的家人啊！這樣大家互動會更好！」

「那我家您去不去？」

楊密頓了一下說：「可是馬來西亞有點遠呢！我可能要想一下。」

「媽媽偏心！」

「為什麼這樣說？」

「所有同學的家你都說要去，我家你卻說要想想看！」易霆掉頭就要走開，被她強拉住。

「好！只要你在這裡好好學習，在二年級暑假或是起碼畢業之前，媽媽一定會走一趟馬來西亞。」為了鼓勵孩子認真讀書，她決定要去馬來西亞家訪。

期待的日子終於在國二升國三的暑假成行，楊密和幾位慈懿爸媽

楊密媽媽在環保體驗活動中，親自為孩子們做示範，帶著他們一起學習。（上）無論是為老師準備教師節禮物，或為孩子梳理頭髮，楊密媽媽都歡喜付出，樂在其中。（下）

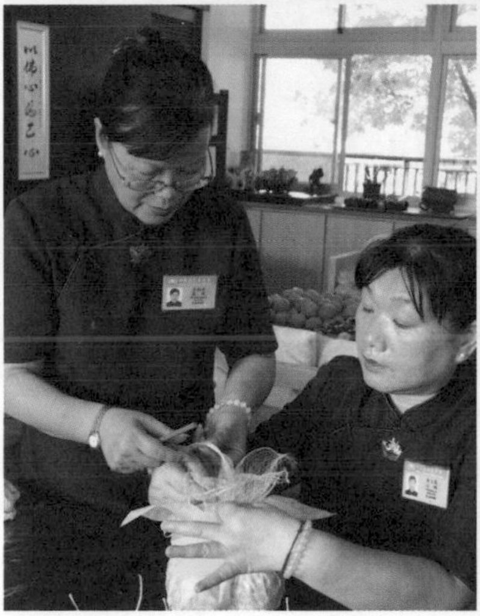

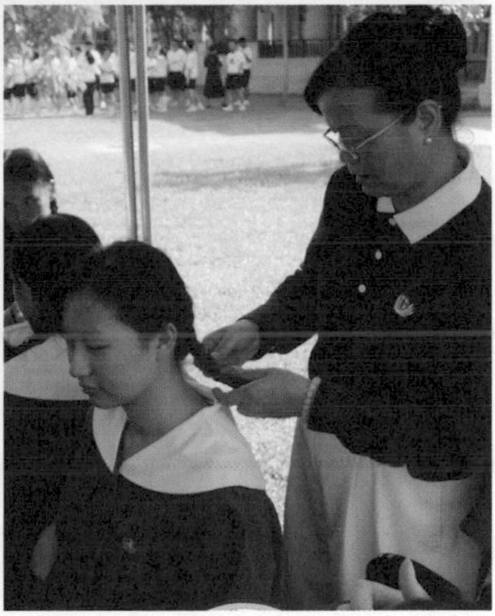

在李克難校長和導師陪同下，踏上了易霆馬來西亞的家。

林爸爸、林媽媽看到連校長、導師都和慈懿爸媽遠從臺灣來到馬來西亞，非常歡喜地留大家在家裡住了六天。在彼此互動中，了解到孩子因小時候過動，就讀國小時，如果隨意亂動，或上課說話說個不停，老師會把他的腳綁在椅子上，拿奶嘴塞住他的嘴巴。媽媽覺得易霆老「犯錯」給她丟面子，更加嚴厲責備他。易霆在學校得不到老師的認同，父母也覺得孩子不學好，一直想不出更好的方法來管教。

一回，慈濟人到馬來西亞參訪時，借住在林家，聊起花蓮慈濟已經設有幼兒園、國小、國中、高中、大學的全人化「完全教育」，孩子在老師、慈懿爸媽和諮商師三軌教育中，可以培養出完整的人生觀和品格。

林爸爸、林媽媽便迫不及待地在易霆唸完五年級時，就送他到臺灣友人處先學繁體中文，但沒想到隔海嚴格而教，再加上不熟悉的中文障礙，易霆在成績方面一直有挫折感。

楊密告訴林爸爸、林媽媽：「手機的部分，其實學校校規嚴謹，週一到週五手機都是讓舍爸保管，週六、日會還給他們，現金的使用可以用預付卡，零用金就不會超支！」林媽媽是為了保護孩子，易霆卻認為父母不信任他，讓他在同學面前抬不起頭來。

經過跨海家訪當面溝通，林爸爸、林媽媽也答應放手，給予孩子適度空間。

易霆可以和同學一樣使用手機和現金之後，就像換了個人，笑容滿面，慈懿日看到楊密，都會主動跑來坐在「媽媽」身邊。升上國三，成績漸轉佳境，又因英文能力不錯，在學校也負責接待外賓介紹校園，整個人顯得精神煥發，信心十足。

亦母亦友的愛

經過楊密不間斷的努力溝通，後來易霆也不再怪父母，在功課和才華表現找到著力點，成績不錯而直升高中部。

楊密也跟著「直升」，成為他高中的懿德媽媽。六年當中，易霆有楊密亦母亦友的陪伴，順利考上臺北藝術大學和另外一所大學的商學系，後來他選擇讀戲劇系，楊密深深地祝福他。

有一次，林爸爸來花蓮參加慈濟活動，特地在活動結束後留下來，約正在慈中值班的楊密見面，了解兒子近況。

相談中，林爸爸數次哽咽語塞。「為什麼孩子的許多事，我們做父母的都不知道，而都是透過懿德媽媽才知道發生了什麼事？」他說自己雖然事業做得不錯，但是唯獨對教育易霆束手無策，夫妻兩人差一點因管教理念不合而離婚，還好有慈懿爸媽代替他們愛孩子。

「孩子還小，不懂得如何跟父母溝通，又怕自己的請求惹你們生氣，這就是上人為什麼在教育區塊成立『慈懿會』的原因，有時候『易子而教』反而更好，上人要我們『以父母的心去愛別人的孩子』，孩子不願意跟父母說的話，會跟慈懿爸媽說，我們也會扮演好孩子與家長、家長與老師、老師與學生間的溝通橋樑。」

林爸爸看到易霆回到人生正軌，非常安心地向楊密道謝說：「我們家孩子不是只有我們這一對父母，他還有你們這些慈懿爸爸媽媽！」

楊密在先生生病住院期間請假時，易霆很貼心地寫了卡片讓其他懿德媽媽帶回臺中，後來又專程帶了九位來自馬來西亞的同學到醫院探望。「師伯，您要加油，我們這麼多人來祝福您，您要趕快好起來，來慈中看我們唷！愛您喔！」雖然楊密的先生因不敵癌細胞折磨而撒手人寰，但卻在臨終前看到多一位兒子而歡喜不已。易霆貼心地向楊密說：「您是我的媽媽，他也像是我的爸爸一樣！您的事就是我的事！」楊密很感恩這一生多了一個「兒子」。

慈中是自己的家

歷經陪伴慈大附中孩子的經驗，楊密深深覺得慈懿爸媽更需多一分貼心和細心，對孩子應該說正面的話，以祝福代替責難。

從二〇〇一年投入慈懿會到二〇一五年，已經邁入第十五年頭，楊密把慈大附中當成自己的家，「自己的學校，要自己去經營，好像是自己的孩子在慈中就讀，會捨不得他們，想回去陪伴。」她不輕易請假，不希望讓孩子在慈懿日找不到「媽媽」。

她很慶幸自己在易霆和父母身上做了良好的溝通橋樑，適時扭轉他的人格，也希望慈懿爸媽的角色是給學校加分，而孩子的成長和改變，是為慈懿爸媽加分。

只管付出 用心傾聽

撰文：沈瑛芳

「把天下的孩子視為自己的孩子疼愛。」周文勝與紀玉雲夫婦身為「慈誠爸爸」、「懿德媽媽」，因著證嚴法師的這句話，八年多來，他們已帶了三屆「慈懿孩子」，深深感受到，只要用愛陪伴、用心傾聽，必能融化孩子的心，讓他們迷惘的生命回頭，重新找到人生正確的方向。

周文勝早年在臺北市長安東路賣肉羹，老家在宜蘭做賣豬肉的生意。認識紀玉雲後想轉換環境，選擇到日本進修，因此結束生意。一九九五年踏上日本求學之路，兩年後玉雲專程飛到日本與文勝成婚。文勝打工讀書，玉雲在臺灣、日本兩地來回，一直到二〇〇一年才定下來留在日本陪伴文勝，小倆口的婚後生活非常幸福。

無解的難題

隔年文勝學業結束返回臺灣，服務於日商公司，玉雲卻開始奔波於醫院。因為結婚多年沒有小孩，婆家傳統觀念深，不能接受。經過檢查，醫生對玉雲說：「我建議妳要接受不孕症的治療。」玉雲低著頭，默默不語。從此，她每天必須按時向醫院報到，儘管夫妻兩人努力面對這道老天爺給的難題，仍然無法破解，渴望擁有孩子卻如石沉大海毫無音訊。這股壓力讓玉雲開始逃避回宜蘭婆家，也不願見到親戚長輩，看在文勝眼裡，非常不捨。

隨著時間流逝，兩老被迫接受沒有孫子的事實，但也安排文勝、玉雲領養孩子傳宗接代。然而，玉雲對文勝說：「只為了要一個孩子姓你們家的姓？我不能接受，我想把時間用來照顧更多的孩子。」求得婆婆諒解，她決心要化小愛為大愛。

轉念發現新天地

二〇〇三年某天，玉雲遇到社區一位慈濟志工，她上前招呼：「請問，妳是做甚麼的？我看妳好開心的樣子。」寒暄之際，知道她是位大愛媽媽，在學校以靜思語故事帶動孩子，玉雲深入了解後，透過這位志工的接引，開始投入大愛媽媽，在和孩子互動中，找到心靈的慰藉。

之前，玉雲一直認為「殺生業障重，因緣果報，因而沒有後代。」進入慈濟後，有人說：「妳沒有欠子債，所以不用還。」心

孩子畢業之後，依然與文勝爸爸及玉雲媽媽保持聯絡。（上）
文勝爸爸與玉雲媽媽從陪伴慈大附中的孩子身上，享受到為人父母的酸甜苦辣。（下）

中的鬱悶豁然開朗，原來轉個方向思考，就是另一片心地風光。一日，慈濟委員徐淑芳對她說：「要跟小孩多結好緣，妳就去參加親子班。」沒有孩子的玉雲就加入親子成長班，此後，社區的活動都可看到她的身影。玉雲好喜歡慈濟的氛圍，更不錯過每天法師的開示；因為從參與及聞法中，體悟到很多事情是強求不來的。

看到玉雲心態的轉變，文勝也感到欣慰：「既然曾經努力過，就接受老天爺的安排吧！」放下的心頓時輕鬆起來，文勝安排工作之餘的時間，陪著玉雲一起參加親子班，後來也在慈少班耕耘，兩人的日子過得踏實、歡喜，並於二〇〇六年受證慈濟委員。

「你們沒有小孩，時間又可以配合，就一起來參加慈懿會吧！」在一次活動中，社區組長看到他們對親子活動投入的熱忱，當面向他們邀請，於是兩人就此承擔起輔助老師、陪伴孩子的慈誠爸爸、懿德媽媽。

以同理心陪伴

二〇〇七年八月新生訓練，第一次接觸孩子的文勝與玉雲心情激動無比，下了遊覽車跟著長長的隊伍行進，一起學習。當時還沒有臉書、LINE等媒體訊息，只有「無名小站」，孩子會把心情透過網頁抒發，文勝與玉雲會上去看，藉此瞭解孩子需要幫忙的地方，也分享他們的內心世界。年輕的文勝受到孩子歡迎，但他謙虛地說是：「每個人帶孩子的手勢（臺語，意即方式、方法）不一樣啦！」他願意花時間用心傾聽，與孩子培養默契。而且他們夫妻與孩子之間的訊息流通，僅分享，不公開，受到孩子們的肯定與信任。夫妻兩人的法號分別為「性勝」、「心利」，孩子們將末字合起來，親切的稱呼為「勝利爸爸」、「勝利媽媽」。

慈大附中慈懿日前一天，文勝與玉雲會陪孩子晚自習。文勝爸爸總是手裡拎著一大袋麵包，進入教室逐一發給孩子們。這時，遠遠就會聽見「爸爸，爸爸我不要奶油的啦！我要紅豆！」「我要芋頭的！」發完點心，兩人就會靜靜地坐在後面看書，孩子的表現，讓他們感受陪伴的無形力量。孩子們會說「爸爸、媽媽陪著我們真好，讓我們可以安心讀書。」

有時進到男生宿舍，孩子們高興地叫著：「爸爸這邊坐！」貼心的情景像一家人。無拘束的聊著青春期的種種。偶爾看到孩子調皮的動作，或是分數不理想，文勝爸爸也會說：「哎喲，考這樣，當老爸的我臉要掛哪裡啊！」孩子們就知道要定下心來加油。

抱著一視同仁的態度，文勝與玉雲視孩子如己出。遇到孩子功課受到挫折、迷茫時，適時引導啟發孩子明白自己正確的人生方向，選擇未來就讀的學校。

缺愛的孩子

第九屆包容班的阿育是文勝、玉雲的「第一胎」。常在上課時趴在桌上睡覺，因此和老師起衝突，而且行為乖張不合群，總是反駁別人的看法。

導師告訴文勝、玉雲，「孩子的父親長年酗酒導致離婚，後來，媽媽再嫁，缺乏親情的關懷，造成他個性上的偏差。」阿育不能接受新爸爸，只要不順心，凡事都怪罪媽媽。於是，在國中畢業後，媽媽將他送到慈大附中，希望保持一點距離有助於改善母子間的緊張關係，而且慈大附中校風好，她也可以安心。

對於阿育的情況，文勝與玉雲認為「缺愛」是主因，必須要打開他的心，才能對他有所幫助。陪伴阿育的過程中，他的媽媽並未缺席，讓懿德媽媽有使上力的地方，玉雲與文勝成了阿育和家庭的橋樑。他們覺得，孩子有時做錯，不需太多教條；拍拍肩膀、輕輕一拳、一個擁抱、會心一笑；兩人全心地投入，不知不覺中，阿育打開心門，接納了滿滿的愛。

幸福的代價

「こんにちは」午安，「げんきですが」你好嗎？每次和孩子見面，文勝爸爸以簡單的日語會話和孩子互動，告訴孩子面對國際化趨勢，語言的重要。「爸爸，你日語怎麼這麼溜啊！」「我想學耶！」文勝向孩子分享自己在日本工讀的經歷，也談到目前任職於日商公司，讓阿育非常嚮往。

孩子情緒多變，當晚阿育以此為由，打電話回家一味地無理取鬧，希望媽媽讓他像慈誠爸爸一樣到國外去學習。擔心的媽媽打電話給玉雲：「玉雲媽，妳今天會回去嗎？孩子又在鬧事，我需要幫忙。」隔日星期六，文勝與玉雲留下來陪孩子，媽媽也由臺東來，一起帶著阿育去用餐，文勝爸爸利用時間與他分享海外工讀的辛苦，讓他明白成就的背後，是由許多辛苦的代價所換取，而不是理所當然的。

感恩孩子示教

阿育的強項是運動，尤其是賽跑與跳遠。有幾次得獎，在人群中玉雲媽媽興奮地喊著，「文勝！這邊，這邊有空位啦！快過來！」為了幫他拍照，兩人擠著往頒獎臺前；透過行動，文勝、玉雲宛如父母般的關愛，進一步融化阿育的冷漠。而替班上爭取榮耀，阿育也受到大家的關注，對自己慢慢有了信心。

文勝、玉雲的「第一胎」就遇上了阿育這樣的孩子，但是他們站在孩子的角度，去理解他的心境，他們感恩孩子示教，讓他們學習很多，更堅定在慈大附中扮演好慈懿爸媽的角色。

畢業是每個學子必經的歷程。不捨三年親子情誼就要分離，最後一個學期，每次到學校玉雲都是哭腫眼睛。三年級畢業旅行，媽媽們親手做了幸運手環為孩子戴上，告訴他們爸媽永遠陪在身旁。沒想到，在畢業典禮前一晚的餐會上，孩子們也做了手環送給爸媽，他們說：「想念我們的時候就看看它。」隔日畢業典禮，孩子為爸媽奉茶，大家哭成一團，這情景是文勝和玉雲難以忘懷的記憶。

往後，每一次聚會，孩子們都還會帶著它，或是繫在包包上。玉雲偶爾受到挫折，也會拿出來戴上它，對自己說：「還有三十六個孩子的力量在身上，打起精神來！」

為母校爭光

即將進入大學，阿育覺得學測考得不好，正徬徨時，媽媽建議報考警專，他對媽媽有成見無法欣然接受。媽媽又再向文勝、玉雲求救。撥通電話，玉雲對著電話那頭的阿育說：「孩子，先考看看，搞不好你還考不上耶！等考上再想要不要去，至少是多一個機會！」知道孩子愛面子，玉雲依他的個性與之互動。

阿育無心參加考試，當天連准考證都忘了帶，還是他叔叔幫忙拿去的。但他運氣很好，一千多個錄取三百人竟然考取。進入警專後，阿育發現自己並不差，開始找到了自信。二〇一五年三月間，阿育跟著玉雲到板橋參加慈大附中招生說明會，他的改變讓大家訝異。有位老師拉著他的手，「阿育？你是阿育？一點也不看不出來，簡直是脫胎換骨哩！」

現場，阿育筆挺的警察制服非常醒目，他驕傲地告訴大家，警察學校是不錯的選擇。覺得自己是慈大附中畢業，應該要為學校爭光榮；阿育昂起頭繼續介紹警察學校的種種，一旁的玉雲露出驕傲的神情，眼眶泛紅……

走向正道

警專實習期間，阿育住在玉雲家一個多月，畢業後阿育在臺東上班。二〇一四年再被選上霹靂小組須到臺北受訓，他媽媽幫他安排旅社，因體質關係，當他住進去之後，身體感覺不太舒服，於是拎著包包到了臺北車站。

不久，玉雲的手機響了起來，「玉雲媽，阿育明天要去考保一，沒地方住，現在在臺北車站。」「他又不是沒有到我家睡過！」

玉雲媽媽了解阿育愛面子，就打電話給他，這時已經是晚上十一點多。「唉，今天是要當流浪漢喔！我們家芝山站你會走吧？會就過來啊！」阿育到了，玉雲說：「房間在哪知道吧？」不拘泥的對話就像母子一般。第二天文勝與玉雲陪他去報到，場景宛如當兵時陪伴的家屬。

情誼是如此地自然，濃郁情感持續地發酵。某日，文勝與玉雲接到阿育升警官的訊息，看見孩子有了正向的道路，非常地欣慰，也深感陪伴孩子需要親師生三方的共同努力。

溫馨的回饋

有時慈大附中的家長都故意酸溜溜地說，「慈懿爸媽知道的事情總比我們多！」正是因為文勝、玉雲以父母心陪伴，像朋友一樣的傾聽。他們覺得不要給孩子太多的理所當然，要多給一點理解。

一天，大家又聚在一起輕鬆聊天，有一位在學校也很叛逆的女生說：「剛開始，我們都在看慈懿爸媽到底在玩真的，還是玩假的，能持續多久？」後來孩子都感受到爸媽的真心。如今，這些帶過的孩子帶著男朋友、女朋友到「勝利爸爸、勝利媽媽」家聚會，人愈來愈多，每逢過年他們家中，總是充滿了歡笑聲。

各地寄來的芭樂、柚子，還有一張張美麗的卡片，代表孩子們溫馨的回饋，是文勝與玉雲這對夫妻檔最大的收穫。帶著證嚴法師對慈懿會的使命，耕耘孩子的心田，用心　傾聽，陪著孩子成長。

送走來訪的孩子，文勝與玉雲兩人心情是一樣的，「對孩子的那分情感很難表達，好像自己生了小孩就不能不管他，雖然不是親生，但就這樣子，這樣就夠了……」面對他人好奇的詢問，玉雲總是這樣淡淡微笑地回答著……

樂做親子間的橋樑

撰文：高肇良、謝舒亞

「麗真媽媽！我好想您！」宜君一看到畢業後就沒再碰過面的王麗真，哇的一聲哭了出來，把王麗真抱得緊緊的。

「宜君，妳怎麼了？怎麼一直哭？別哭、別哭！」王麗真嚇了一跳，撫著宜君的背，忙不迭地安慰著她。

叛逆期　親子關係降至冰點

王麗真是慈大附中的懿德媽媽，宜君是她上一屆帶的「孩子」，麗真與孩子們相處時都是以愛陪伴，用朋友的口吻聊天，班上的孩子們都很喜歡她。除了每月一次慈懿日的相聚之外，平常她也會打電話給孩子們噓寒問暖。

那年宜君還是慈大附中的新生，開學後麗真到屏東家訪，觀察到宜君跟母親的關係，似乎有點疏離。宜君坐在母親旁邊，兩隻手卻好像不知怎麼擺才好，一會兒放腿上，一會兒又雙手緊握，感覺很不自在。但是一坐到麗真身旁，就很自然地抱著她的手臂，天南地北親暱地聊著。

麗真覺得不對勁，跟宜君媽媽懇談後才知道，原來宜君一度沉迷於手機遊戲，下載各式各樣的遊戲軟體，每次一玩，就完全忘了吃飯睡覺。父母擔心她一直盯著手機螢幕會傷害到眼睛，也擔心耽誤到學校的功課，於是嚴格限制她玩手機的時間。不過，每當父母要她交出手機時，宜君為了遊戲要破關，就會大哭、大鬧、不停尖叫，遲遲不肯交出。為此，親子間的關係完全降至冰點。最後父親只好將手機沒收，禁止宜君再玩，沒想到，從此宜君再也不肯跟父親說話。

宜君的父親長年在大陸工作，停留在家的時間很短暫，思念家人時，只能靠電話傳遞情感。但宜君根本不接他的電話，令父親很難過，甚至對母親也是一副愛理不理的樣子，母親雖然著急卻也不知如何是好？每次跟宜君溝通，她總是門一甩就鎖進房裡，把自己的心門完全關閉，不願打開。

以愛包容 化解隔閡

「我真的是一個不及格的母親！」宜君媽媽一再地自責，難過地跟麗真說，「宜君在家裡都沒有笑容，每次我打電話到學校找她，她也從來不接電話！我真的是想不出辦法了！」

天下父母心，同為人母的麗真，深刻體會到宜君媽媽心中的苦楚，知道了宜君在家裡的情況後，就更加關心她，希望能化解他們親子間的隔閡。麗真對宜君媽媽說：「叛逆期的孩子，對父母的管教特別容易反彈，其實孩子並不是故意要跟父母唱反調，可能只是不知道怎麼表達內心的感受，我們要用更大的愛去包容她。」

每天都是生命最後一天

然而，就在麗真用心陪伴孩子，全心投入懿德媽媽角色，努力想要成為孩子和父母間的橋樑時，病魔竟然悄悄上身，令她深受打擊。

「乳癌！」二〇一一年春天，聽到醫生的宣布，麗真頓時腦中一片空白，很傷心又無助，夫妻倆緊緊擁抱，默然無語，淚流滿面，沒想到七年前的舊疾，竟然又復發……

二〇〇四年四月一日愚人節，麗真第一次確診罹患乳癌第二期，醫生立即幫她安排住院開刀，動完手術後又經歷六次艱辛的化療。她四十歲才剛受證慈濟委員，在社區裡算是很年輕的志工，一心想要投入做慈濟，從來沒想過癌症會找上她。

在化療期間，為了不讓先生和孩子擔心，麗真總是表現得很堅強，不輕易掉淚，仍一如往常地過生活。然而，只要先生去上班、孩子去上課，剩她一個人在家時，擔心、害怕的情緒，就如同壓抑不住的浪濤，洶湧澎湃而來，忍不住一個人放聲痛哭，心想：「我到底還能活多久？」等到家人返家時，她又築好心中的堤防，把張牙舞爪的惡魔再度壓回心靈深處，恢復成開朗的麗真，不讓家人發現異狀，直到隔天獨處時，內心世界又再次潰堤，如此周而復始……

經過一段時日的沉澱思考，她想到證嚴法師說過，「人生沒有所有權，只有使用權。」所以，既然無常已找上門，是不是要更加努力

麗真媽媽為學生示範體驗活動進行的方式。（上）
麗真媽媽貼近孩子的心，與孩子們感情融洽，互動親暱。（下）

地把剩下的每一天過得更精彩、更有意義？

「我將每一天都視為生命中的最後一天！」麗真完成化療後，在先生劉三龍的支持下辭掉工作，發願當全職志工，隨即加入懿德媽媽的行列。

但麗真完全沒有想到七年之後，在例行的追蹤檢查下，竟然又發現癌細胞的蹤跡。第二次罹癌，她的心情，簡直是筆墨難以形容。「為什麼還是我！」她想放肆地大叫，「這是老天爺對我的考驗嗎？」她焦慮、漫無目的走著，仰望蒼天，坐立難安……最終頹然蹲在角落裡暗自啜泣——內心更多的不安是，不知道這次自己還能活多久？

但只要想到一直在背後默默支持她的先生、家裡一雙乖巧貼心的兒女，還有慈大附中那一大群需要她陪伴的孩子們，她默默告訴自己，絕不能被打敗，一定要戰勝病魔！經過開刀，及一連串痛苦的電療，消瘦的她重新振作精神，積極地把握每一個可以付出的日子。

媽咪　我愛您

也就在麗真癌症復發的這段時間，她認識了宜君這個孩子。青春期女孩的心思特別難以捉摸，每當宜君有困擾時，麗真會用心關懷及傾聽，適時給予意見，知道像宜君這樣的孩子，不適合再用責罵或叨念的方式。

八年來，每月的慈懿日，麗真幾乎沒有缺席過，忍著自身治療的不適，從未讓旁人發現她的病苦。記得只有一次慈懿日，剛好與電療的日子撞期，不得已只好請假。

「麗真媽咪呢？她在哪裡？她怎麼沒來？」班上的孩子接二連三地問著。

懿德媽媽班長才告訴孩子們麗真請假的原因，還拿卡片給全班同學寫祝福卡。

「麗真媽咪，祝您早日康復！」

「麗真媽咪，要加油喔～我們等您回來！」

「麗真媽咪，我們好想您！祝您身體健康！」

當麗真收到卡片時，看到孩子親手寫下的祝福，激動地一直掉眼淚。

「我無法承受再發生第三次！不要做了！」先生劉三龍終於按捺不住，對麗真大聲抗議，深愛著麗真，也支持她的一切，但看著日漸消瘦的麗真，強忍著身體不適，每月一次從彰化搭火車到花蓮，費時六個鐘頭以上的舟車勞頓，三龍無法再漠視心中的焦慮，苦苦哀求麗真休息靜養，不要再當懿德媽媽了！

麗真並非不懂三龍的心情，但和慈懿孩子們相處的時光，卻是她病中最踏實、快樂的泉源，她鍥而不捨地向先生解釋懿德媽媽所做的事，還把孩子們送的卡片拿出來給他看，跟他分享平日與孩子們互動的點點滴滴，三龍看到孩子們那種純真動人的愛，內心深受感動，瞭解麗真對這群正處於叛逆期國中生心中的地位，是不易取代的，還有更重要的是，投入懿德媽媽讓麗真感受到真正的快樂。

「好吧，妳若歡喜就好！但不要太累了！」三龍發現當麗真聊到那些「孩子」時，眼神所散發出來的熱情和光采，才驚覺麗真的確是在做她最快樂的事，而希望麗真快樂，不就是他最大的心願嗎？三龍決定讓步，從此不再阻止。

懿德母愛 永續陪伴

得到先生的支持，麗真無視自己的病痛，繼續承擔懿德媽媽，她一心掛念著宜君和父母間的感情狀況，也瞭解這需要時間慢慢改善。所以在學校裡，麗真會刻意跟宜君說：「最近我有跟妳媽媽通電話，她說妳表現得很好！媽媽很開心喔！」藉此拉近她們母女間的距離。有時候也會叮嚀宜君：「最近有沒有打電話給爸爸、媽媽啊？他們都好想妳耶！」

在運動會這類特別的日子裡，麗真也會邀請宜君媽媽一定要來參加。宜君媽媽看到麗真和女兒一見面就會抱抱，感到非常驚訝，因為女兒從不跟她牽手，更別說抱抱了。她還是非常自責，仍然覺得自己是個很失敗的母親。這一切麗真都看在眼裡，除了為宜君媽媽加油之外，還刻意營造機會讓宜君抱抱媽媽，讓宜君媽媽感動不已。

三年努力下來，麗真終於讓宜君和父母間的親子關係出現轉機，宜君媽媽還特別寫卡片感恩麗真無私的付出與關懷，「妳就像菩薩般慈祥，教導宜君，讓我好感動，千言萬語還是謝謝您！」

即使宜君畢業後，麗真的關心也從未間斷。畢業典禮後兩個多月，麗真特地由彰化開車南下去找她。才一進門，宜君就淚眼汪汪，止不住地一直掉淚，麗真心疼不已，也陪著她哭，兩個人真情流露抱在一起又哭又笑。

「雖然她畢業了，仍然是我的孩子，我都會繼續關懷！」麗真將愛和關懷，點點滴滴都用在這些「孩子」身上，對於自己的身體狀況，反而能更加淡然以待，心情上多一分釋懷。「別人是過一天就少一天，而我呢？是過一天就賺一天，所以每一天我都用很感恩的心去過！」麗真的臉龐散發出堅毅的神采，絲毫看不出是一個生病的人。

比爸媽還親的「爸媽」

撰文：張麗雲

「我要回家！我要回家！我要回我家睡我的床，吃我媽媽煮的飯，吃我媽媽煮的菜……我要回家！我要回家！」懿德媽媽林惠玉踏進女生宿舍洗衣間，從鏡子裡看見一張漲紅的臉，挨近一看，手掌心裡寫滿了字。

拍拍孩子的肩，林惠玉拉她撲在自己懷裡，讓她繼續哭。「媽媽知道，以前有媽媽幫忙洗衣服，現在任何事都要自己來，很辛苦，對不對？」林惠玉的女兒也在慈大附中就讀，雖然是自願去的，不過從沒離開過父母身邊的她，在第一學期也時常打電話回家哭哭啼啼。有時候，林惠玉想說：「讓她哭一哭就好了。只要不打電話回來，不看到也就好了！」

自己的孩子想家，惠玉可以同理眼前這個女孩想家的心情。這也是她從慈大附中創校開始，和先生張廣輝一直捨不得放下孩子，而持續陪伴的動力。

到運動場抓人

時間回到二〇〇〇年，花蓮慈濟大學附屬高級中學創校，許多家長不捨孩子突然離家到東部就讀，想看孩子就到學校去，順便當「家長志工」，協助整理環境，也做環保。

惠玉因為想女兒，所以常到慈大附中看孩子，也當起家長志工。

半年後慈懿會成軍，證嚴法師說：「孩子的父母既然是家長志工，如果可以的話，就來承擔慈懿爸爸媽媽。」」人文室多次打電話邀約惠玉的先生張廣輝，但都以工作為由拒絕，人文室鍥而不捨，每天一通電話密集邀請，他才回說，「好啦！好啦！我去做就是了！」

慈大附中草創期，凡事都艱難，慈懿爸媽與孩子互動如隔了一層牆，要想跨越這層關係更難。尤其是帶他們半年後就要升高二，班級因分類組須重新編班，原來的人數只剩個位數，其他都是別班轉來的陌生面孔，同學間彼此不熟悉，對慈懿日也採軟性逃避。

「廣輝爸，我們去運動場找人好了！」張廣輝好不容易從運動場找回來幾位後，「廣輝爸，剛剛被你找回來的學生，又不知道跑到哪裡去了？」懿德媽媽告訴他，他只得回頭再去找。就這樣，在高二上學期，慈懿爸媽與孩子兩個小時的相聚，像是演出一齣齣的「你追我跑」抓人遊戲。

柔軟化解干戈

雖然第一屆開始，難免比較艱難，廣輝和惠玉相信以朋友立場對待孩子，愛他們如親生孩子一樣，孩子一定會感覺得到的。

有一次，廣輝經過輔導室，看到一位家長鐵青著臉在跟兒子說話。「發生什麼事了？我是陳慶祥的慈誠爸爸。」廣輝走上前問。

陳爸爸說孩子因為常常上課不專心，發簡訊給女朋友，被老師勸誡好幾次不聽，老師一氣之下，要他退學，請父母來帶回家。

「我們也是辦教育的，面子都被他丟盡了！」在旁的陳媽媽情急之下，說出心裡的話。原來陳爸爸是學校的主任，媽媽是補教界的數理名師，如果讓其他家長知道他們自己的孩子被學校退學，面子一定會掛不住！

其實，早一天，陳慶祥就已經偷偷跟廣輝說：「爸爸，我『爸

惠玉媽媽與廣輝爸爸與孩子們在校園留影。（上）
惠玉媽媽與廣輝爸爸陪伴孩子擔任醫院志工。（左下）
孩子們送給惠玉媽媽與廣輝爸爸特大張的卡片。（右下）。

爸』明天要來了，怎麼辦？」

「爸爸，孩子都會犯錯，給他機會啦！時間到了，我們就一起去用餐吧！」一頓飯間，氣氛僵硬沉悶，好不容易吃完了飯，廣輝繼續分享一些他平日帶兒童、青少年的經驗，也勸陳爸爸、陳媽媽給孩子一次改過自新的機會。「沒有關係，你們先帶孩子回家，先冷靜一下，我們再來跟老師說，如果真的還想讀，那就要遵守學校校規，跟老師說『對不起』，要乖，不要再做一些違反學校規定的事情。」他反過來告訴慶祥：「你今天犯這個錯，爸爸媽媽在教育界服務，所以會很沒有面子！」

坐在一旁的惠玉和其他兩位懿德媽媽，看到孩子要被退學，又被父母責怪而不捨地擦拭著淚水。

陳媽媽不時拋來狐疑的眼神，「你們又不是他親生的爸爸媽媽，我們自己都沒哭了，你們怎麼哭成這個樣子？」不過，看到慈懿爸媽把自己的兒子當「兒子」般關心，陳爸爸、陳媽媽的語氣也軟化許多。

當天慈懿日結束後，廣輝建議說：「我看我們去他們家了解一下比較妥當，反正中秋節又不急著上班。」

四位慈懿爸媽包了一輛計程車，從花蓮直奔南部。陳爸爸、陳媽媽很歡迎慈懿爸媽的到訪，但也很訝異與感恩他們不回臺中家，卻為了自己孩子的事而奔波。

陳爸爸說：「我們是做老師的，所以做我們的孩子其實壓力很大，我們自己也是。」看到四位慈懿爸媽對孩子柔性的關懷，陳爸爸意識到自己對孩子的確過於嚴格，他問慈懿爸媽說：「那你們覺得爸爸、媽媽要怎麼改變？」陳媽媽順口問惠玉：「那……我也去做慈濟委員，好嗎？」

四位慈懿爸媽此行主要是想了解陳慶祥有沒有要回慈大附中就讀的意願？「你如果想要回去慈中就讀的話，就要遵守學校的規定。」

廣輝希望慶祥好好考慮。

「你們就再給孩子一次機會，看他是不是真心悔過？」後來，陳慶祥在廣輝的鼓勵下，向老師認錯，重新回到慈大附中就讀。陳爸爸、陳媽媽很歡喜，也真的加入慈濟團體，成為慈濟委員。

婚宴上設雙主桌

時間飛逝而過，廣輝和惠玉的慈懿生涯進入到第七屆，班上一位孩子盈盈和惠玉的互動特別好，彼此像母女般親切，即使後來考上慈濟大學人文社會學院，也會受惠玉邀約，在慈懿日到慈大附中與學弟學妹們互動。

有一回，盈盈正跟廣輝在電話中聊了起來，同寢室的同學很好奇地問她：「他是妳的什麼『爸爸』呀？妳打回家跟妳爸爸講話的口氣好像不是這樣子的啊？」

又有一次，廣輝和惠玉到盈盈的家拜訪，盈盈一看到他們來，很自然地就擁抱起惠玉。惠玉示意盈盈也去抱抱、親一親爸爸，她卻楞在那裡動也不動。

孩子的貼心，來自慈懿爸媽的愛，每月一次的活動，總不忘帶些點心和有媽媽味道的好料理，在交誼廳等待他們晚自習回來。有時候夜讀，還會請妙膳廳做些點心給孩子們考試前補充營養和打氣。慈懿爸媽也會在慈懿日結束後，一一去抱孩子，孩子也依樣畫葫蘆，即使長大畢業讀大學或就業，看到慈懿爸媽都會主動跑來擁抱。家訪時，到了孩子家，孩子也很自然地跑來和慈懿爸媽們抱抱，他的親生父母總是以很納悶的眼光說，「這是我的孩子嗎？」

盈盈的爸爸就曾開玩笑地跟她說：「妳跟爸爸講話的口氣，可不可以也像跟妳『廣輝爸爸』說話的口氣一樣呢？」

盈盈曾私底下對廣輝和惠玉說：「你們比我們的親生爸爸媽媽還要關心我！哪一天我結婚時，我一定會設雙主桌，其中一張主桌就是要給慈懿爸媽們坐的！」

肩膀給你靠

十五年來，在慈大附中，廣輝和惠玉已經兒女成群，這群孩子雖然不是自己親生的，但帶給他們夫妻倆很大的成就和滿足感。然而，讓惠玉最高興的是先生廣輝的轉變。

自三十二歲就開始洗腎的廣輝，還未進入慈濟前，因病苦心更苦，天天怨天尤妻。當時，惠玉不想成為憂鬱的人，去找慈濟人求救，希望度他做慈濟，暫時忘掉病痛，轉換心境，沒想到廣輝倒怪起她來：「我要賺錢給你們花，晚上又不給我休息，妳是不是巴不得我趕快死？然後再找一個人嫁！」

後來，廣輝在慈濟帶動兒童班、青少年班，也去做訪貧，從中學習到跟孩子的互動，帶到慈懿會活動中，以誠懇的心，不以「大人」管小孩的態度，而是彎下身段與孩子做朋友，從日常生活去影響改變孩子，把爸爸的肩膀給他們作依靠。

而惠玉也以母親愛女兒的心情同理其他孩子，就像疼惜自己的女兒般疼惜他人的子女，孩子生活步入正軌，就是給慈懿爸媽最大的回饋。

廣輝和惠玉很感恩在慈懿會和慈大附中的教職員們，以及許多家庭結了善緣，也和孩子們結了親子緣，而且帶國、高中的孩子，讓自己保持著赤子之心，忘記已年過半百的年齡。

【肆】我在你的少年時代

一切相遇，冥冥中帶著不可思議的因緣，
慈懿爸媽用心陪伴孩子們走過少年時期，
從陌生、靦腆到親暱，
共同分享憂歡悲喜，將彼此牽繫在一起。

不是巨星，我是「記心」媽媽

撰文：李志成、蔡翠容

舞臺上，眉清目秀九歲的小女孩正認真唱著：「十八的姑娘一朵花一朵花，眉毛彎彎、眼睛大⋯⋯ 眼睛大；紅紅的嘴唇、雪白牙⋯⋯雪白牙；粉粉的笑臉，粉粉笑臉賽晚霞⋯⋯」除了年紀外，這歌詞的內容，好似就在形容演唱者林乃華。

正是國小就學年齡的她，雖然上有兄姊，卻因為天生一副好歌喉，在歌唱比賽獲得第一名後，開始在那卡西走唱，扛起分擔家中經濟重任。

爸爸是位靠天吃飯的水泥工，遇到颱風下雨的日子，家中八個小孩就嗷嗷待哺，有一餐沒一餐；雖然媽媽也替人洗衣貼補家用，但日子還是捉襟見肘。懂事的林乃華便以老天送給她的天賦，靠歌聲為家中增添一份收入。在風月場所裡，午夜笙歌，林乃華上學總是遲到受到處罰，上課更是精神不濟，經常夢遊周公。

演大愛劇　結緣慈濟

為了幫助父母養家、照顧弟妹，林乃華放棄學業，也順理成章以唱歌謀生，漸漸踏入演藝圈，在戲劇表演嶄露頭角。

九〇年代後期，臺灣演藝事業、戲劇趨於沒落。一天，林乃華接到一通來自劇組的電話。「來啦！來啦！來參一咖，演大愛啦！」她心想，雖然酬勞不多，但是至少有收入，「啊！好啦！就當做是做公益啦！」林乃華以慣有的豪邁口氣答應接演大愛臺戲劇《阿彩》裡的一角。

這一次的表演，讓大愛臺戲劇部門看到林乃華的精湛演技，後來也不斷邀約她演出，並參加「大愛會客室」分享所演出的戲劇內容。

「大愛臺的報真導正可以跟世界結善緣喔！」、「大愛臺是環保菩薩一點一滴，節能減碳建立起來的。」、「環保可以讓垃圾變黃金。」……一下節目，主持人陳凱倫便不停邀約她加入「大愛之友」成為慈濟會員。

「『大愛之友』是什麼，我不知道啦！只知道演大愛臺的戲，錢很少啦！」林乃華接著爽快答應：「要交多少？你說啦！」、「一百元？好啦！我們全家都繳啦！」

不久之後，愛面子、好勝心作祟，林乃華心想，「我朋友那麼多，也可以收很多啊！」在繳交功德款時，突然向陳凱倫說：「我也可以跟別人收嗎？」自此，她開始向牌友們募善款，因為那些都是自己貢獻的。

二〇一一年，林乃華受證為慈濟委員，感動之餘，立下三個願望，希望將來能捐大體成為救人的菩薩、參與榮董聯誼會出錢出力、參加「慈懿會」，以彌補過去十多年在慈濟門外的磋跎。

法師祝福　如願成懿德

與同為藝人的陳夙雰同行，到靜思精舍向證嚴法師請安。「回來當媽媽喔？」法師問起林乃華。這樣的祝福，給予林乃華信心，下定決心積極參與慈懿會。

「喀摟、喀摟……」在慈大附中校園裡，行李箱的輪子在路面響得清脆、匆忙，林乃華總是習慣性地拉著它，來和慈中的孩子們約會；看見一個個青春洋溢的臉龐，腳步更加輕盈，將行李箱裡的蘋果、香蕉、棗子……各種新鮮可口的水果，每一顆都是她細心挑選，隨身而來。林乃華重視每一次與孩子相處的機會，用心照顧好每個慈濟的孩子。

「孩子，剛剛沒有規矩，也沒有禮貌喔！怎麼可以……」為了讓孩子們有人文氣質、知書達禮，林乃華看見孩子們不合宜的舉止，總是即時給予正面的指正，隨即再以感性的話語勸說與教導，讓孩子了解「媽媽」的心意，期望他們能感受並改變想法與行為。

林乃華在「慈懿會」學習做一個稱職的好媽媽，把慈大附中的孩子當成自己的孩子，學習與大家結好緣，在學生、學校與家長間扮演橋樑的角色，累積更多愛的存款。

對於一些較內向或自卑的孩子，林乃華總是主動「出擊」，竭盡所能讓孩子積極與大家互動。她的身上散發著藝人的魅力，能隨時觀機逗教，常藉由自己貧困童年的真實故事，鼓勵孩子們在「不缺」的

乃華媽媽帶著孩子一起體驗包粽子的樂趣。（上）
平常乃華媽媽十分投入社區舉辦的活動，舉凡擔任司儀或是包裝結緣品，都能看到她的身影。（下）

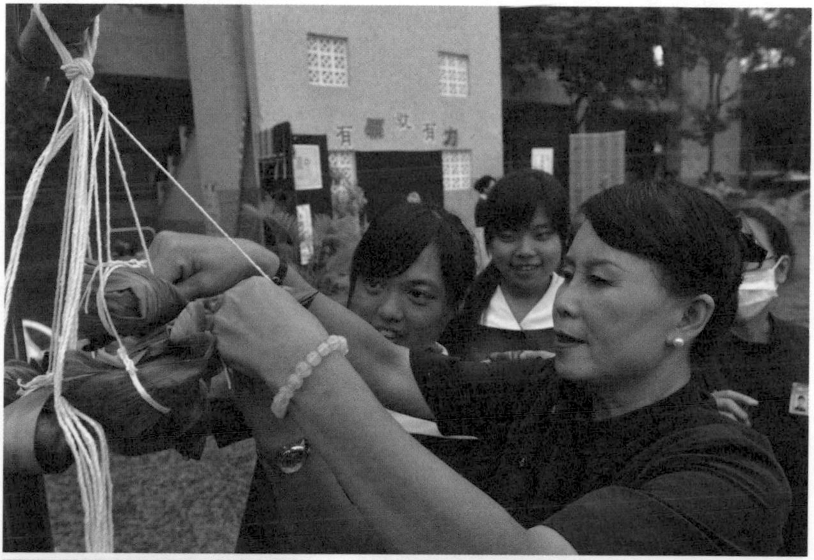

環境下要珍惜擁有；「我是『記心』媽媽，不是巨星媽媽喔！」林乃華讓孩子們喜歡聽她、看她，只要有她在的地方，就會有笑聲，絕不冷場。

「關燈、關燈！」教室中燈光隨即熄滅，講臺前螢光幕隨著劇情忽暗忽亮，孩子們專注地盯著螢幕，情緒也隨之起舞。「哦！乃華媽媽演失智的阿嬤呢！」隨著劇情演出，當林乃華出現在螢幕裡，孩子總會小小的騷動一番，三五人竊竊私語。因為自己的特殊行業，林乃華心想「電影說故事，比我們用口說的道理更有說服力。」她便在每個月與孩子的相聚時刻，常常準備與眾不同的教案，把自己參與演出、值得讓人深省與學習的戲劇作為題材，在家聚中播放，透過影片呈現故事，好看、易懂，並引導孩子正確的觀念，也是孩子們最喜歡的活動。

「這部電影是媽媽得金穗獎的作品，這是真實的故事；你們應該看得出來，這是描述失智阿嬤造成家人生活的種種不便與困擾，但是孫子卻能學習體諒，對阿嬤容忍，進而更加孝順阿嬤的故事。」林乃華總在影片結束後，上臺與大家分享，不論幕前幕後，都能鉅細靡遺，往往得到很熱烈的迴響。

孩子們看了這部影片，都不禁紅了眼眶。平常總是默不作聲，文靜的黃督員擦擦臉龐上的兩行淚水，和大家分享：「懂得行孝的孩子才會成功。」

三年的陪伴有歡笑、有淚水，孩子在畢業前夕送了一張貼滿小小卡片的大卡片：「巨星媽媽，妳是我們班的偶像喔！」、「超級仙女，有妳在就會有大大的歡笑，因為媽媽總是和我們年輕人一同青春！」、「我們的巨星媽媽，祝妳天天開心。」、「妳是大家的巨星媽，我們因妳感到榮耀！」一字一句都打動了林乃華的心，令她感動不已。

巨星媽媽 「記心」媽媽

「演藝圈是一個大染缸，幾十年來養成很多不好的習慣，我『五專』都具備，還出『口』成章，抽菸、喝酒、賭博樣樣來……」活潑的林乃華接受慈濟各地邀約，妙語如珠分享。

無論臺中、桃園、中壢或臺北，當林乃華結束分享，臺下常常傳來熟悉的聲音呼喊著「阿母、阿母……」目前就讀東海大學三年級的黃督員，對於林乃華過去三年的陪伴與身教，感念於心。

「阿母生日快樂！」八月二十日，林乃華看了看黃督員雙手奉上的卡片，內心無限激動。抱著這貼心的孩子，林乃華與她一起看著手中的卡片——

「感恩阿母，沒有阿母你們的陪伴，也沒有現在的我們；有阿母們的愛，我們才知道愛自己喔！」

在巨大心型圖像下方，又浮現幾行小小的字映在泛滿淚水的雙眼，林乃華嘴唇上下微顫，一字一字唸出——

「阿母明明拍戲就很忙了，卻還要撥時間出來陪伴我們；可能當天到花蓮，晚上又要趕去其他地方趕戲。阿母以自己身體力行的方式告訴我，就算再忙也要花自己閒暇的時間來為慈濟付出，分秒不空過，步步踏實做；這也是為什麼，雖然我現在課業很忙，但我還是持續投入慈青，可能這分力量很微薄，但我相信年輕人只要願意投入勇氣與時間，還是可以為這個社會做更多有意義的事情。」

「附註：雖然我目前無法做大事，但我可以用大愛做小事。」闔起手中的卡片，林乃華很欣慰地看到孩子的成長，珍惜這一生中最美好的生日禮物，再次緊緊抱著黃督員說：「孩子，我真的是你的『記心』媽媽，你都把我記在心裡。」

「臥底」十年的空中媽媽

撰文：盧筱涵

「我常說自己是合心幹事若岑師姊的臥底！只要每次慈懿會有活動，我就會出現，大家都會說，那個菲律賓的都來了，我們怎麼可以缺席？」楊碧芬（Judy）淘氣地說出這段話。

在慈大附中的慈懿會裡，楊碧芬扮演著「空中媽媽」的角色，每個月中旬放下手邊的工作，遠從菲律賓不辭辛勞提著大包小包的行李，提早一天搭早上四點多的飛機來到臺灣，為的就是陪伴慈大附中的學生，同時透過慈懿日早上的共修課程，跟著臺灣慈濟志工一同學習。

大愛臺淹水 不小心變主持人

二〇〇一年九月十七日凌晨納莉颱風在北臺灣發威，正值風雨最強的時刻，位於基隆河旁的南港大愛臺被洪水沖破通往地下室的擋土牆，地下四層樓包括片庫、挑高兩層樓的攝影棚及停車場，全被大水淹沒，供電系統中斷，電視影像畫面在四點十三分二十三秒這一刻「咻——」地從螢光幕中消失了。

十七日下午大水陸續消退，搶救片庫資料帶的工作成了當務之急。在軍方及中華搜救總隊協助下，多部重型抽水機和三十多部各地志工提供的小型抽水機，開始進行地下室的抽水工作，當地下一樓的水只抽到約腰部時，大愛臺同仁們為爭取時效，便冒險進片庫搶救資料帶。慈濟志工也迅速在關渡園區，組成「緊急復原搶救中心」，從九月十九日持續到十月十日，超過兩萬人次，投入清理泡水錄影帶的工作。

住在菲律賓的楊碧芬，就是在這個時候看到透過衛星全球播映的大愛電視，緊急復播後報導臺灣南港大愛臺因為水災，導致片庫影帶受損的嚴重災情，決定放下手邊的事務，到臺灣找洪若岑一起加入清洗影帶的工作。

「Judy師姊，我看妳在菲律賓做烹飪教學，現在大愛臺影帶損失嚴重，不知道妳願不願意幫忙主持料理節目？」這是當時大愛臺的總監姚仁祿對楊碧芬說的第一句話。楊碧芬心想：「我都還沒開始清洗片子呢！而且中文也說得不好，怎麼可能會是我？應該是有個明星來當主持人，我只要在一旁做示範吧！」

然而，當節目企劃通過之後，開始製播時，現場沒有明星當主持人，楊碧芬自己擔挑大樑，唯一的搭檔是洪若岑。碧芬自嘲地表示：

碧芬媽媽是大愛臺《健康心素派》的開播主持人。（上）
遠從菲律賓來的碧芬媽媽，感恩慈懿團隊的包容，讓她只負責全心扮演好「空中媽媽」的角色。（左下）
菲律賓海燕風災過後，碧芬媽媽帶著親手做的大愛屋模型，與慈懿爸媽及孩子們分享。（右下）

「那時候我們膽子很大，想說，好啊！去大愛臺教煮飯。我當時中文還是很爛，茄子變加子，番茄叫做番加。」仗著菲律賓除了透過衛星接收器觀看之外，一般人還看不到大愛臺，沒有人會知道《現代心素派》這個節目，便更加放膽地主持節目。沒想到，當節目一開播，大愛臺恰巧在菲律賓申請到了無線頻道播出，全菲律賓都可以看到，碧芬的媽媽還特地打電話來告訴她：「國語講得那麼爛，還在電視上講，哎呀，笑死人了！」

碧芬故作委屈地表示：「從前不像現在有Skype，我都要打長途電話給若岑跟她講電話、學中文，一個月光是電話費就要兩萬塊錢，好恐怖喔！我先生都說，不要再講電話了，乾脆過去算了！」所以透過越洋電話學習中文的過程中，只要若岑有任何慈濟活動的邀約，碧芬就會放下手邊的工作，訂下機票，飛到臺灣做志工。

開始練習當空中媽媽

二〇〇五年的某一天，若岑對著碧芬說：「我看妳在菲律賓能做的慈濟事也有限，反而陪我在臺灣做慈懿會的學生家訪這麼多年了，要不要乾脆自己來參加，加入固定班級陪伴學生？」碧芬當時反問若岑：「這樣機票加上住宿，三年下來的費用好像可以捐一個榮董，與其只是捐錢，倒不如參加慈懿會，跟著大家一起做事，從中學習，反而收穫更多，是吧？」

於是，碧芬劍及履及，加入北區由陳澤良等人組成的慈懿團隊，開始成了學生眼中的「空中媽媽」，每個月從菲律賓帶來異國的各式食物與文化。特別是菲律賓的零食點心，碧芬總是往行李箱放，放不下的還額外用箱子裝，再多也不怕辛苦，一心只想將菲律賓的特產帶來與老師及學生們分享。大家都笑說，將來這些學生如果要出國，一定會優先選擇拜訪菲律賓，而且會知道菲律賓有什麼食物好吃。

事實如此，碧芬陪伴學生至今十年，已經在菲律賓遇到兩位曾經帶班過的孩子，一位是在大學時期參加過慈青社，進而到菲律賓進行暑期交流，出發前特別聯絡在當地的懿德媽媽楊碧芬，所以當碧芬收到訊息時，馬上就趕到學生進行交流的地方與他相聚。另一次，碧芬在菲律賓的人醫會義診中，看見一位似曾相識的年輕醫師，特地走過去打招呼，果然正是自己的孩子；當下突然能體會在異鄉「菲律賓」巧遇舊識「臺灣人」的感覺，馬上與這位醫師交換彼此的臉書帳號，保持聯絡，更慶幸看到曾經陪伴的孩子，如今也能成為一位付出者，發揮醫師的專業能力，投入義診。

看著這些學生逐漸長大，在各自領域擁有發展的天空，碧芬不禁遙想當年，整個班級的爸爸媽媽都還年輕，除了自己從菲律賓帶來各式零嘴以外，在臺灣的慈懿爸媽也是扛著大包、小包，餅乾一整箱、一整箱地帶過去花蓮，到現在已經第十年了，雖然都逐漸扛不動這些愛的零食，但是在這個班級中，幾十個人還是一起分工合作，默契依然不減，大家都說這是因為班長陳澤良領導有方，但除了班長的關係，大家的配合度高，才是更重要的因素。

舉例來說，雖然碧芬大部分的時間都在菲律賓，但是她卻總能感受到陳澤良對於班級經營的用心。陳澤良總是每個月提醒她要來參加慈懿日，同時對於班上其他的臺灣慈懿爸媽，也是一視同仁地一一打電話聯繫，因此整個班級慈懿爸媽之間的感情是非常緊密的。尤其在學生家訪部分，每次都是全班的爸媽與導師一起出動，十幾個大人搭著小型巴士出去做家訪，一次出去就是好多天，每次到學生的家中，家長們都會被這龐大的陣容給嚇著，但同時也明白，原來學生在慈大附中，除了有老師的教導之外，更擁有這麼多的慈懿爸媽自己的孩子視如己出地照顧著。

而碧芬更是常在與陳澤良的通話中，詢問班上學生們的近況，透過陳澤良的分享，碧芬不但知道某些學生的綽號，甚至連私密的感情狀況也能瞭解！這種現象很奇特，碧芬心裡總在想著：「雖然和孩子們見面的時間不算很多，三年下來，一個月見面一次，頂多也才三十次。但奇怪的是，竟然這些學生有秘密的時候，都會先跟慈懿爸媽分享，反而跟自己的爸媽就沒話講。或許這就是上人的智慧，要讓我們知道，對於學生的照顧是要用眾人的愛與關心來陪伴的。」

海燕風災 分享助人與感恩

在參與慈懿會的過程中，碧芬總是認為自己是來臺灣學習與取經的，她很感恩臺灣慈懿團隊的包容，以及幫忙活動的事前準備，讓她可以在當天開心地出現，只要負責扮演好與學生分享菲律賓食物與文化的空中媽媽。

其實碧芬還是有很多貢獻的，曾經在一次慈懿日的共修課程中，她帶來一段投入菲律賓海燕颱風賑災的分享，讓大家體會到生命的無常，以及付出助人的可貴。二〇一三年十一月海燕颱風侵襲菲律賓，造成六千多人死亡，影響到三百多萬個家庭。慈濟基金會在當地啟動緊急援助機制，對碧芬來說，自己的家鄉有難，當然也義不容辭地加入救災行列，特別是協助現金兌換券的印務工作。

「我們在機場等候現金兌換券的運送時，看到紙箱外面就這麼印上金額，我們趕緊找來紙和筆，在上面寫上Judy's cake（茱蒂的蛋糕），趕緊將箱子偽裝，不要讓人知道這裡面裝的是可以換錢的票券。」一事過境遷，碧芬與大家分享，過程聽起來好像很輕鬆，但是在當時卻非常緊張，因為她整天除了要顧好這麼一大筆錢，還要搶著訂飛機票，負責運送現金兌換券至發放地點。

因為碧芬這樣地投入海燕風災的救援行動，因此她有許多寶貴的賑災經驗可以分享，當海燕風災急難救助期度過之後，開始進入中長期的援建關懷時期，在二〇一四年四月的慈懿日共修中，她為了跟慈懿爸媽們分享，還特地準備一座由她親手製作的迷你簡易教室模型，贈與全校每個班級，希望每位慈懿爸媽可以透過這個模型，為班上的孩子們分享各國對菲律賓的幫助，感恩大家在海燕風災後，給予她的故鄉協助與關懷，也希望孩子們能從中學習到行善助人的重要。

歡喜陪伴 邁入第十年

投入慈大附中慈誠懿德會已經邁入第十年了，碧芬也從在旁學習的角色，轉換成能夠上臺分享當講師，十年的成長過程，在她的眼裡只有一個目標，她說：「這一切都是為了領合心幹事洪若岑的禮物啊！不然大家當初都以為我只是來玩玩，頂多兩、三個月後就會退出，沒想到我現在也已經待到第十年，可以領禮物了！」雖然禮物只是一條在大愛感恩科技門市中就能買到的毛毯，但是對於碧芬以及這些堅守付出的慈懿會爸媽們來說，能夠從校長及洪若岑的手中接過這個禮物與服務滿十周年的感恩獎牌，就代表是一種肯定，一種自我的實現。

在這十年中，楊碧芬深深地覺得，雖然慈懿會的成員來自不同的背景，在學歷或是文化上面也有差異，但是只要大家互相包容、補位，都可以從陪伴學生當中得到歡喜與自在，更重要的是，整個班級裡，無論是學生、老師，甚至是慈懿爸媽們，透過彼此之間的相互學習與關懷，大家一起成長茁壯，這就是她這十年來最大的收穫。

遠行，為了護善苗

撰文：潘俞臻

「承軒！誰是承軒？」這天是慈濟志工陳靜滿加入懿德媽媽，第一次和孩子碰面的日子，她雀躍地來到班上，尋找這位老天爺特別安排給她的小孩。

回饋心 懿德行

「七扣——七扣——」南迴線火車轉進臺灣東部往花蓮行駛，兩邊風景，依著火車規律的節奏，迅速地往後退去。進入臺東之後，山邊綿延翠綠的田地，偶有房舍錯落其間，陳靜滿看得入神，心中有股尋入桃花源的輕鬆自在。

每個月慈懿日，家住臺南的她總是精心準備點心與慈大附中的孩子分享。因為路途遙遠，靜滿會在前一天下午就請假，從公賣局（現臺灣菸酒公司）隆田酒廠下班，開車到官田火車站，搭鐵路局區間車到高雄換自強號前往花蓮，抵達時都已經超過晚上十點半。

這樣的行程六年來如一日，感恩心是促使她孜孜不倦的動力。

靜滿出生在嘉義，純樸的民情，造就了她親切的個性，從小生長在幸福家庭，讓她順遂地為自己的人生刻劃未來。

一九八五年，她順利考上公職人員，服務於公賣局隆田酒廠，喜愛學習的她，利用晚上時間，攻讀國立嘉義農專園藝科，通勤完成學業後，仍利用閒暇空檔學習才藝。婚後，靜滿成了臺南媳婦，先生和她是同事，兩人育有二子，身心健康、乖巧懂事又貼心，在校成績也不需父母擔心，令靜滿可以安心地利用時間，參加慈濟大學臺南社會教育推廣中心的課程，一點一滴和慈濟結下不解的緣分。

「妳也可以帶孩子來參加慈少班、兒童精進班呀！」二〇〇四年，她帶著孩子利用假日參與親子課程，自己也從家長的身分變成了志工，對慈濟的教育理念，一直深感認同。

大兒子考完基測，成績優異，達到臺中市知名私校可以三年免學雜費的標準。「如果是因為成績而去臺中就讀，雖然省下學費，卻成為學校招生廣告的工具，好嗎？」靜滿與志工閒談中，深入思考教育的本懷，她覺得品格和人文教育很重要，但是更希望未來讓孩子自己做選擇。

「沒問題！我可以帶你們參觀。」那年暑假，他們一家人利用假日，造訪花蓮慈大附中，巧遇學校老師熱心地帶他們認識學校。後來，大兒子選擇就讀慈大附中高中部，老二也進了國中部。

靜滿媽媽珍惜每一個可以付出的因緣，2011 年陪著三十位慈大附中的學生到印尼參與學習營。

孩子就讀期間，靜滿在花蓮租了間房子，方便假日或到學校當志工時有地方棲身，也免費提供給班上從外地到學校陪讀的家長臨時居住。因為經常往返臺南與花蓮擔任學校的家長志工，慈懿會的志工如何用心用愛陪伴孩子，她點滴在心頭。

孩子畢業後，二〇一〇年，靜滿正式成為慈大附中的懿德媽媽，實現她對學校人文室的承諾，「我一定會回來學校當懿德媽媽。」小兒子十二歲就離開家來到花蓮讀書，連續哭了五天，才慢慢適應學校生活，「我期許自己也能以媽媽的心，來愛每一個孩子。」這是靜滿的初衷。

第一次帶班，就被安排在國中感恩班，當初她的小兒子也是在感恩班，更不可思議的是，班上也有一位同學叫「承軒」，和小兒子的名字一模一樣，彷彿是菩薩提醒她，「用媽媽的心愛別人的小孩。」

慈大附中是住宿型的學校，懿德媽媽經常的陪伴和關心，也填補了這些孩子離家的孤單，更成了孩子與家長之間溝通的橋樑和潤滑劑。孩子快樂的時候，心情不好的時候，爸媽不在身邊，懿德媽媽就成了亦親亦友分享和傾訴的對象。

靜滿記得有位孩子，一段時間裡變得鬱鬱寡歡，深入了解，發現是父母親關係緊張，影響了他。那段期間，靜滿都會刻意地接近他，「大人的世界不是你現在的年齡能夠懂的，但無論如何，父母親心裡，你都是他們關愛的小孩。」靜滿的及時出現，讓這位學生，度過了最難熬的日子。三年來，這個孩子的想法漸漸改變，因為有她的開導，孩子懂得用善解的心，去理解父母的作法，包容父母的決定。

無私付出 分分己穫

「媽媽，妳放心去當志工，我會好好照顧自己。」每次聽到兒子

靜滿媽媽看到孩子一步步從青澀到成熟，滿心歡喜，在高三成年禮活動中，協助餐點的布置。

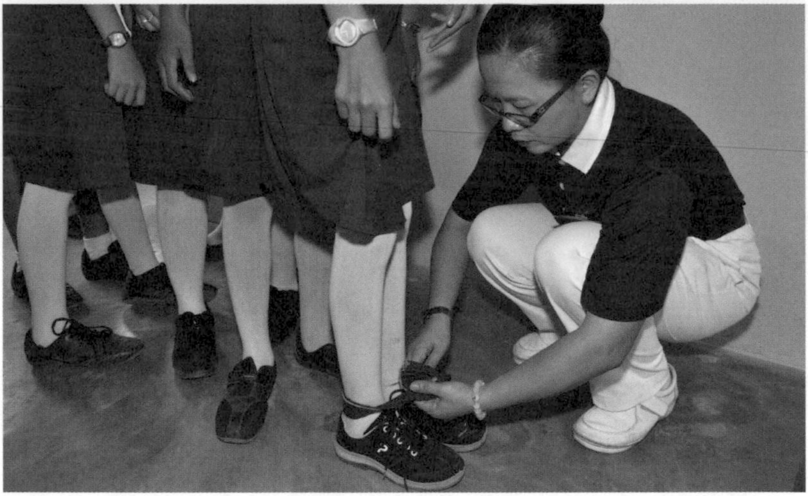

這麼跟自己說，靜滿心裡就更加感恩，「當你學會用父母心愛別人的孩子，自己的孩子也會有善的回報。」她總是說，「這句靜思語，我真正領悟與受用。」

每個月的慈懿日，也是靜滿的「修行日」，名副其實把「休」假變成「修」假；慈懿日一早，她一定會回靜思精舍參加志工早會，有機會還可以和常住師父互動「飲一杯智慧水」，光是這點，就覺得自己很幸福。

她珍惜每一個可以付出的因緣，二〇一一年，靜滿參加慈大附中舉辦的「印尼體驗學習營」，與師長及慈濟基金會宗教處同仁帶著三十位學生前往印尼。

孩子們設計靜思語教學活動，和十二所學校交流，也去參觀慈濟在奴魯亞·依曼習經院援建的二十六間教室。在伊斯蘭學校的教室裡，掛著佛教法師的照片，所傳達的意涵，除了尊敬，還有跨越宗教藩離的大愛與感恩。

這趟印尼之行，主要是陪伴慈大附中的孩子，而對靜滿來說，像是一趟學習之旅，她不但感受到愛與感恩帶給人的希望和力量，也體會到自己是那麼地幸福，「我永遠忘不了那群揹著背簍在垃圾堆裡，撿食物和變賣物品的孩子。」

居住在印尼垃圾山的孩子，能上學的時間只有半天，因為他們必須趕在垃圾被運來垃圾山的時候，守在怪手夾起的垃圾底下，比別的孩子搶先一步撿到食物或可以拿來變賣的東西。這一幕，靜滿和慈大附中的孩子在遊覽車上，看得清清楚楚，心裡的感受更是紮紮實實，也更堅定應該要珍惜自己所擁有，期許自己有能力付出更多，用愛溫暖黑暗的角落。

如果不是親眼所見，靜滿無法想像真的有人是過著這樣的生活。

年屆五十，她細細回顧，從小到大，雖然經濟不是很富有，卻也不曾匱乏，人生追求的目標總能在努力下達成，比起那群孩子，「這餐有了，但是下一餐在哪裡呢？」一陣心酸從心底泛起，再看看車上這群穿著乾乾淨淨的制服，一臉驚訝的慈大附中孩子，她的心裡有了方向——「守護這群幸福孩子心中的善念。」

二〇一五年，靜滿帶的第二屆孩子已經三年級了，承擔懿德媽媽也已經六年了，孩子一步步從青澀到成熟，「每個孩子都是唯一，就像粒粒飽滿的種子，只要用心灌溉，終將長成大樹，成為棟樑。」這個信念時時在靜滿心中滋長，伴隨熟悉的火車向前的聲響，穩穩地邁進。

花蓮遠嗎？有目標，路就不遠，而收穫，總是循環不息。

回甘的滋味

撰文：陳秋華

十六年前，慈大附中成立慈懿會，因為洪若岑與李鼎銘伉儷的邀約，傅秀美與楊斌夫妻一腳踏入，當時對於慈懿會一點都不了解，但是一轉眼，竟已過了十六個年頭……

第一次到慈大附中參加慈懿會活動，傅秀美只感覺校區好大喔！辦個活動要走好遠，如果有臺腳踏車該有多好，不過，回頭想想，只有慈濟有這麼大及優美的校園。以前從沒想過自己會到學校辦活動、跟孩子接觸，這一切都感到很新鮮，大家說要做什麼，就跟著一起做，從沒多想為什麼？也不曉得如何去跟孩子們互動，現在回想起來實在是十分有趣……

愛別人的孩子

剛開始當慈懿媽媽時，秀美跟著團隊每個月一次從臺北搭車到花蓮，一切就照大家研擬的教案進行，然後帶東西給孩子們吃，初期一直覺得這些孩子很冷漠，「為什麼我對你們這麼好，可是說話的時候，你們都愛聽不聽的？」

後來聽到其他懿德爸媽說：「妳又沒有養他，一來就要人家叫你『爸！媽！』，這哪有可能？」經過一段時日，秀美懂了這個道理，一定要真誠的付出，要讓孩子們感受到爸媽真心的關懷，而不是把教案講一講、東西吃一吃，然後什麼都沒有，就各自回家了。秀美笑言：「像我這麼駑鈍的人，其實是經過很長的時間才明白的！」

在慈大附中承擔慈懿媽媽，秀美帶的都是很優秀的高中生，每次慈懿日到學校，孩子都在看書。雖然他們對慈懿爸媽也都彬彬有禮，但是氣氛上就是有一種說不出的冷淡，讓慈懿爸媽也很尷尬。其中有一個孩子，表現出那種不太想回應人的態度，跟他說話，就是一副冷冷的，他有聽到就好的樣子，無法多要求他什麼似的，但秀美沒想到畢業餐會時，這孩子竟然會主動站起來跟大家分享，表達他對慈懿爸媽的感恩。

「明天要畢業了，我一定要告訴爸媽們，其實你們每次來我都好高興喔！我只是比較不擅言詞，但都有在聽你們講話、看你們用心準備的分享資料，還有好好吃的東西，這些我們都永遠難忘。你們為了讓我們開心，還特地帶我們去宿舍旁的風雨球場打球，楊彬爸爸陪著打籃球，媽媽們在場邊撐著傘，幫我們加油、擦汗，連我自己的爸媽都沒這樣做過，親愛的爸媽，我家住在花蓮火車站旁，以後你們來花蓮就住我家。」

慈藍成就好因緣

當時爸媽們還開玩笑說飯店太貴了，爸爸、媽媽們住不起。孩子卻說：「你們來住不用錢，我會親自做早餐給您們吃！」不知怎地，這段話讓秀美非常感動，眼前突然變成一片淚湖，怎樣也看不見孩子的臉。從此秀美瞭解到，不要在乎孩子有沒有注意到爸媽，有沒有回應？慈懿爸媽就是去做該做的事情，孩子們看在眼裡，清楚在心裡，雖然沒有表達出來，但他們都會感受到的。

在慈大附中，雖然剛開始常要與不同性格的孩子互動，心情難免緊張，但後來秀美不再害怕，盡量以「易子而教」的態度去面對，只要把這些孩子當成是自己的孩子，用父母的心去愛他們就可以了！

看到這些用功的孩子，秀美想起自己小時候，也是一個非常喜歡唸書的小孩。身為家中老么，雖然家庭環境並不是很優渥，但在小學一年級時，大哥、大姊都已經出社會當學徒，父母讓她有較好的機會接受教育，從景美女中一路讀到大學，在當時的社會環境裡，女生能讀到大學畢業，並非多數。

秀美的先生楊彬經營一家公司，主要是接網球工廠的訂單，其中有一位與他們有生意往來的林太太（徐秀美）是慈濟志工，於是秀美就開始把善款交給她，而林太太也請秀美幫忙，邀請楊彬到慈濟幫忙當籃球教練。因為先生是虔誠的基督徒，所以秀美認為這根本是不可能的任務，但還是說了，果真先生不為所動。

經過了一段時日，某天楊彬突然告訴她，慈濟在臺大舉辦「用愛心擋嚴冬」義賣，要為中國大陸賑災，朋友邀他去看看，問秀美要不要同行？秀美說：「那你去吧，我才不要去！」沒想到先生從臺大回

在新生始業輔導分站活動中，秀美媽媽幫孩子梳理頭髮。（上）
秀美媽媽與楊彬爸爸投入慈籃教學多年，獲頒感謝狀。（左下）
畢業前夕，秀美媽媽正忙著確認各班手工書的數量。（右下）

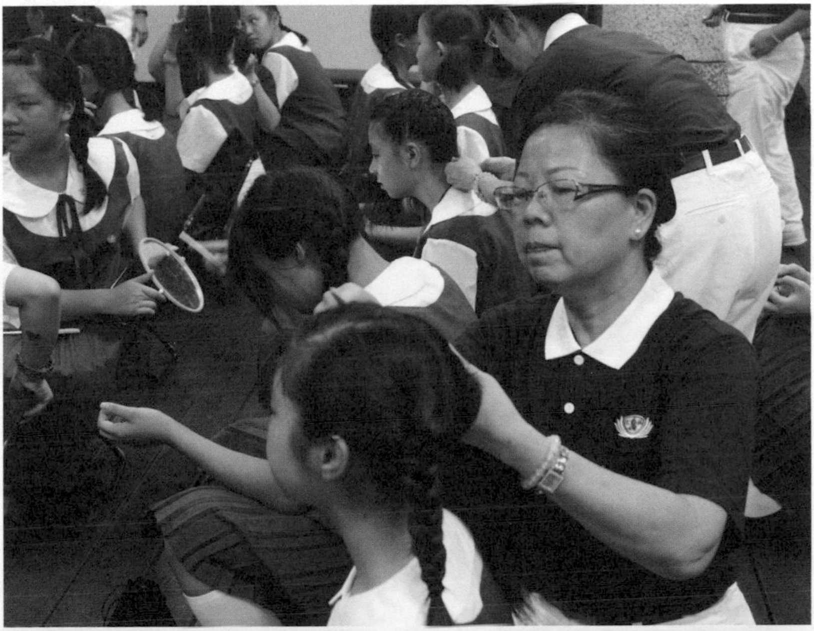

來後，竟然告訴她：「這個禮拜，我可能要去慈濟幫忙。「真的？假的？」秀美疑惑地說。「真的啊！好巧！我去臺大的時候，剛好碰到我學弟，學弟拜託我說缺人啦！所以我就答應他只去教球，教完球就走，不要叫我做其他的事。」於是，楊彬開始到「慈濟青年籃球隊」當教練。

一九九九年九二一地震後，慈濟在南投縣草屯鎮舉辦籃球營隊，楊彬邀約了很多朋友來當教練；當時楊彬的這些教練朋友都不是慈濟委員，只有秀美正在培訓中。但大家還是很用心且歡喜地付出，事後很多人都紛紛參加培訓，投入慈濟志工的行列。秀美也在一九九九年受證委員，之後，楊彬未受宗教的影響，也跟著受證。

因緣具足 不再打牌

進入慈濟，對傅秀美與楊彬改變很大，年輕時很喜歡在假日打牌，到朋友家裡，等待一群人吃喝後，四個人一桌，在旁等待最後一個上牌桌也不介意。即使後來先生做了慈濟籃球隊的教練，他們還是以此為樂，當時他覺得「我只是個教練呀！」

然而，奇怪的是，以前打牌時打到很晚，孩子都會與牌友的孩子一起睡覺，可是有一次，秀美輸得很慘，心情很不好，要抱孩子回家時，孩子哭得很厲害，秀美啪一下打下去，孩子哭得更大聲了，當下秀美心頭一驚，心想：「我這個媽怎麼這樣，自己打牌打成這樣，還打小孩！秀美回想，當時很奇怪，好像進入慈濟之後，菩薩就來考驗你，打牌愈輸愈多，變得一點趣味都沒有，而且經過那次之後，覺得自己不是一個好媽媽，又想起自己的媽媽，印象中媽媽身體不是很好，常要她去買菜，媽媽會告訴她要買什麼菜，那時她還只是小學一年級，就用注音符號寫下來，然後提著菜籃上市場去，訓練出好膽量，因此秀美與媽媽的感情特別好，而她對自己的孩子竟然這樣。從此以後，秀美真的就不再打牌了。

楊彬也是一樣，原本朋友在牌桌上稱呼他為「教授」，因為他是數學系畢業的，牌打得很好，但是有一天他告訴秀美，自己也輸得很慘，漸漸地開始也對打牌失去興趣了，大概別人也覺得不好意思讓他一直輸，也就沒再找他玩。秀美覺得，好像真的是一切因緣具足了，就是要他們脫離這些誘惑與貪念。

化擔心為祝福

一路走在慈濟「教育」志業上，秀美與慈大附中及慈籃孩子的互動中，瞭解到孩子的想法，站在孩子的立場去看事情，但只告訴孩子明確的大方向並給予祝福，相信孩子就不會有所偏差。就如證嚴法師所教導的：「化擔心為祝福，孩子就會很好。」在與孩子的互動中，秀美夫妻倆難免會遇到挫折，但因為懷抱著一分父母對孩子的愛，他們永遠不願放棄陪伴、教育孩子成長的這分使命與責任——也是一種回甘的滋味。

在人事中傳承愛

撰文：高玉美

一襲灰色斜襟中國服，搭配一條藍色寬腿褲，頭上輕挽著簡單的髮髻，怡人恬靜的謝淑惠走進慈濟北區中山聯絡處的靜思書軒。在閱讀區，淑惠找了一張椅子坐下，從背包裡拿出眼鏡及資料夾，纖纖十指翻閱著一份份字跡端正的資料；這些資料都是慈懿會的社區推薦表。二〇一五年慈大附中國中部新生多招生兩班，慈懿會也多了二十位新成員。

因緣與承擔

每一位新加入慈懿會的成員，都需要一份社區的推薦表，表中詳細記載每位成員的背景資料、專長和在社區所擔任的勤務。細心謹慎的淑惠，仔細閱讀每一份資料，從推薦表中將每一位慈懿會成員的特性與專長先予歸檔，以備日後活動時方便邀約勤務。

承擔慈懿會人事勤務已經十五年的淑惠，與先生許榮祥都很認同證嚴法師的教育理念，早在二〇〇〇年唯一的兒子正值國中升高中時，便讓他遠赴花蓮讀書。淑惠也於隔年被遴選為第一屆慈懿會成員。第一次當懿德媽媽，淑惠的內心很忐忑，雖然面對的都是同年齡的孩子，但是來自不同的環境與家庭，個性、生活習慣也都不同，剛開始真的有點擔心，深怕無法勝任。經過數月後，與孩子們真正相處，漸漸進入狀況，這才消解了原先的憂慮。

隨著慈懿會進入校園的時間愈長，承辦的活動愈多，慈大附中慈懿會合心幹事洪若岑深深感受到功能幹部的缺乏，因此力邀淑惠承擔人事組的窗口。淑惠謙辭，但若岑說：「承擔是能力的啟發，不是責任的加重！」

在若岑的力邀下，淑惠接下人事組的工作；大學念的是音樂系，主修鋼琴，要轉為人事規劃的工作，她的心情非常不安，剛開始承擔人事工作時，也是處於摸索階段，若岑及團隊全力支持，給予她非常大的學習與成長空間。

剛開始慈懿會的班級成員以北區、中區、南區、東區混合制；團隊經常接到電話，內容不外是：「若岑師姊，下星期的慈懿會聯誼，我們南區的懿德媽媽，因為社區有活動，沒辦法參加，非常抱歉！」「這學期家訪的時間，大家提出意見，要訂在哪一天？」

後來考慮到，慈懿會成員分散各地，造成團隊開會及家訪時聯絡、集合的不方便，慈懿會經過多年的運作與整編，為了讓運作能更順利，班級編制從善如流地落實到各區獨立經營與關懷，於是，慈懿會就在邊走邊整隊的運作模式下，完成一次次的勤務與活動。

培訓和互愛

在靜思書軒的一隅，淑惠專心閱讀著人事資料，身邊的手機響起，「淑惠，我們國中部今年新的班級，及新加入慈懿爸爸媽媽的資料都收齊了嗎？」若岑非常關心新成員加入的狀況，特地來電詢問。

每一個新的學年開始，慈懿會的成員，多少都會發生些微人力的異動，此時團隊會透過社區推薦，引進新加入的慈懿爸媽，但是每一位慈誠、委員是否適合承擔此重責大任，若岑與團隊成員開會時會就每一個人的推薦函仔細評估慎選，希望能從眾多有心參與的慈誠、委員中，遴選出真正能關心孩子身心發展的慈懿爸媽。

淑惠媽媽專注處理行政事務時的神情。（左上）
由於慈大附中學生腸胃感染，在慈懿日的共修課堂上，淑惠媽媽與其他慈懿爸媽也都戴上了口罩。（右上）
在敬師謝師感恩茶會中，淑惠媽媽帶領孩子們進場，準備為老師們奉茶。（下）

決定人選之後，慈懿會舉辦培訓課程，讓新進的成員瞭解慈懿會成立的因緣與宗旨，也讓新加入的成員知道，如何陪伴這群成長中的孩子，在愛的關懷下，真正成為術德兼備的好學生。

慈懿會幾乎每一個月都會舉辦一次活動，以凝聚親、師、生間的情感；這也是淑惠考驗的開始，一個活動的成功，需要許多功能組的配合與成就，她懂得適才適所，適人適用，邀約大家一起來承擔。經由電話邀約，打給每一位成員，獲得的答覆幾乎都是——「好！」「沒問題！」「我來承擔。」「還需要幫忙什麼嗎？」

雖然大家都滿懷熱忱，不過，有時難免會遇到少數人因為家庭、事業或社區勤務的因素，無法配合，淑惠會以同理心看待，對人人心存感恩，體諒每一個人，也尊重大家無法承擔或出席的原因，因此在活動中，每次邀約就廣結一分善緣。而且承擔人事規劃工作，難免有疏失的時候，若岑會及時提醒，讓每一個人發揮良能在對的事上。

淑惠常在想，這就如同一盆插花作品，副枝不應該高於主幹，綠葉應映襯鮮花，讓一盆美麗的插花，不僅美化環境，也美化自己。慈懿會就是在互相補位、相互陪伴下，溫馨得像一個大家庭。

傾聽及陪伴

「淑惠媽媽，我是艾琳，前天剛回來臺灣，我們一起吃個飯好嗎？我好想妳……」二十年前跟淑惠學琴的小女孩，如今已是亭亭玉立的小姐了，每次回來臺灣，一定約淑惠媽媽敘舊、聊天。

婚後，在家教授鋼琴，淑惠從不把跟著她學琴的孩子當成一般學生，而是把他們當成自己的孩子一樣關心，日常生活的噓寒問暖、課業的垂詢、交友的狀況，只要孩子們需要，淑惠就是最佳的傾聽及陪伴者，與學琴的孩子建立深厚的情誼。

承擔慈大附中慈懿會，十五年來，淑惠從班媽媽轉手到承擔人事幹事，這當中的心情轉折，讓她充滿感恩，因為喜歡與孩子相處，加上若岑的慧眼獨具，委以重任，才讓淑惠勇敢地承擔起慈懿會人事工作的重責大任。

而在慈懿會用心經營下，成果受到歷任校長的支持與肯定，慈懿會在學校終於有了一個開會的固定場所。在慈懿室設立後，承擔人事組的淑惠，費盡心思排定輪值表，每一組慈懿成員，在百忙中撥出時間，回到學校與孩子及老師們小敘，這個制度的設立，讓許多在學的孩子，可以利用下課時間來到慈懿室找慈誠爸爸、懿德媽媽們聊聊天，說說心事。

每每圓滿一次工作，感受到在勤務中成長最多的反而是自己，淑惠感恩若岑的知遇之恩，讓她在人事工作中與大家結好緣，也在一次次的活動中帶給孩子們正向的影響力，是淑惠最感歡喜的事。

不僅校內的陪伴，校外的關懷，慈懿爸媽也是親力親為。有一次，慈大附中國術隊由徐振家老師帶領北上參加比賽，人文室來電告知，淑惠立即將訊息轉達北區的慈懿爸媽；北區立即啟動聯絡網，趕到車站陪伴慈大附中的學生前往比賽的學校。

慈懿爸媽不僅全程陪伴，為比賽的孩子加油打氣，也備妥接送的交通工具及點心，讓即將上場比賽的孩子免於舟車勞頓，也補充練習時消耗的體力，得以在正式上場時，全力以赴，為校爭光。

慈懿爸媽如此地貼心，讓參加比賽的老師及校隊學生都備感溫馨。

延續這分愛

新學期剛開始，慈懿會又要迎接一批新生入學，所有的活動都要在開學前，先有一次共識會議。淑惠從背包拿出一本電話簿，開始撥打著電話，邀約大家承擔開學迎新的勤務。

坐在靜思書軒的方桌前，手上翻著一本本用手書寫的人事紀錄，娟秀的字體，一如淑惠的個性，恬靜、溫和，也是她這分特質，讓慈懿會的人事規章及運作，都能有條不紊地持續進行。

儘管已戴起老花眼鏡，辛苦地盯著一堆密密麻麻的電話數字，但每逢慈懿會活動，淑惠依然用她誠懇溫柔的語氣，繼續打著一通通的電話，邀約慈誠爸爸、懿德媽媽們，一起用父母的愛，為來慈大附中求學的大、小孩子們付出，讓他們的愛心能在這些孩子的身上廣衍流傳下去。

將心比心
顧及每個孩子

撰文：陳秋華

「小時候不懂為什麼會被父母忽略？現在自己當了父母，能夠體諒那個年代，為了生活，容易忽略嘴巴不甜又不會做事的小孩，當時內心會覺得不平衡，可是來到慈濟後，那種遺憾與不解都被撫平了。」蔡素玉總是這樣說。

從小沒自信，婚後又是家庭主婦的蔡素玉，一直到參加慈濟，在大家庭的薰陶下，才慢慢找回自信。她感受到在慈濟只要願意付出，就會受到肯定，只要願意吸收證嚴法師的法，就可以找到心中的答案。

缺乏自信的女孩

一九六二年出生於臺北縣雙溪鄉（今新北市雙溪區），當時雙溪是臺灣煤礦的盛產地，很多中南部的人會湧到雙溪採礦。素玉有兩個哥哥、一個姊姊，還有一個妹妹。爸爸只有兩個兄弟，素玉的伯父因礦災很早就往生，所以奶奶不願再讓爸爸下坑，雖然下坑的收入很高，但是危險性非常大，除了礦坑災變，也會因為吸入過多煤塵而感染肺塵病，因此素玉的爸爸後來改從事礦坑木材的生意。由於大姊非常能幹，許多家事都由大姊一人承擔，在女生中排行第二的素玉，反而成為一個自閉且自卑的孩子。

小時候素玉的願望是當老師，但是以前的人重男輕女，爸爸曾經對她說：「儘管妳功課再好，可是前面的哥哥、姊姊都在工作賺錢，沒有再繼續升學，所以還是不能讓妳去念書。」即便當時如果考上師專，求學期間都不必負擔學費，而且畢業後就能到小學當老師，但及至成人，素玉仍然未能如願成為老師，這一直是素玉心中的遺憾。後來遇見小時候功課不如自己的同學，一路高中、大學讀上去，自己卻沒能繼續升學，還是會感到落寞，甚至逃避去面對他們。

素玉一直是一個有愛心的人，一九九一年慈濟在臺大舉辦華東水災義賣，為響應這場活動，婚後的素玉，與妹妹坐計程車到臺大參與，買了一些義賣品，雖然當時就想加入慈濟的行列，但因緣尚未具足，直到大女兒進入小學就讀，素玉到學校當愛心媽媽，認識一位慈濟志工，才重新牽起與慈濟的因緣。

不忽略任何孩子

「妳比較年輕，就到靜思來推廣靜思文物吧！」當年新莊新泰區有一個流通處，區組長羅寶琴向她邀約，素玉就這樣跟著靜思人文的孫淑妙到處去推廣，那段時間是素玉吸收力最快速成長的階段，為了要推廣，她很認真去讀證嚴法師的書籍。也因為孫淑妙的因緣，二〇〇五年，淑妙問素玉想不想去慈大附中當懿德媽媽？就這樣加入了懿德媽媽的行列。一路走來，因為與人的互動，素玉慢慢地將自己的潛能開發出來，也變得愈來愈有自信。

因為自己小時候備受輕忽的感受，素玉將心比心不忽略任何一個孩子，也公平地對待每個孩子，即使是面對學習能力比較差的孩子，素玉也要給這樣的孩子有表現及承擔的機會。

與以前相較，素玉覺得以前的孩子比較好帶，現在的孩子因為早熟又聰明，而且有許多都是慈濟小學升上來的，小學六年的時間，學生們對慈濟的人文早已接觸很多，所以在帶班時若沒有創意，將會非常辛苦。此外，有些孩子會觀察大人是不是說一套做一套？如果大人說得頭頭是道，可是言行舉止不是這樣，孩子是不容易接受的，所以在陪伴孩子的過程中，素玉深刻地感受到大人身教的重要。

處處遇貴人

從二〇〇五年承擔慈中懿德媽媽後，原本負責帶班，但是有一段時間素玉暫停帶班的勤務，主要是她承擔了北區活動組，而女兒也被發現罹患一種神經性的疾病，為了回饋各方給予她女兒的醫療照顧，她承擔了醫院志工，直到二〇一一年才又再繼續承擔帶班勤務。

沒有進班的那段期間，課務組林淑媛知道素玉承擔北區活動組，規劃過很多活動，對於活動的動線安排能力很強，所以在設計慈大附中慈懿課程活動時，常會邀她一起參與討論。後來，素玉的大女兒身體康復後，她才加入課務團隊一起承擔。

懿德媽媽們一起準備高三學生的加冠花圈。（上）
素玉媽媽在慈大附中的歲末祝福活動，準備為孩子送上結緣品。（左下）
在慈懿會新生始業輔導活動裡，素玉媽媽擔任司儀串場。（右下）

而大女兒的這一場疾病，雖然讓她備受煎熬，但卻也讓她感受到因為做慈濟，而處處遇到貴人。大女兒在高中時有一塊色素沉澱，曬到太陽會發癢，素玉帶她到皮膚科求診，醫師告訴她這不是皮膚病，因為它既不痛也不會癢，應該是屬於神經方面的問題。有一天，在慈濟的活動中，素玉與一位慈濟委員聊天，那位委員住在嘉義大林，建議她帶女兒到大林慈濟醫院就診。

大林慈院院長賴寧生醫師第一次為女兒看診就告訴她，這是屬於神經性的疾病，叫做「硬皮症」。因為及早發現，得以及早治療，如果沒有治療的話，它就會隨著神經一直向上走，最終整個人會癱瘓。經過抽血確認後，開始每個月一次，大概經歷三年的長期療程，終於治好大女兒的病。自始至終，素玉一直很感恩賴寧生院長，也能將心比心，體會到病人家屬那種焦慮的心情。

用父母的心愛孩子

重新回到慈大附中慈懿會的行列，素玉仍然十分熱愛懿德媽媽這個角色。每屆帶班，陪伴著這一群國中生三年，看見一個個孩子的成長及轉變，這株幼苗因為有慈懿爸媽付出一點點的心力，可以見證到他們的成長，那種喜悅是無法形容的。雖然他們不是自己親生的孩子，但正如證嚴法師所言，「當你用父母的心去愛這些孩子，看到他們的轉變，就會很喜悅及開心。」

亦兄亦友的年輕「爸爸」

撰文：蔡翠容

一陣涼風自未闔上的一絲門縫中襲來，剛回到家的蕭志傑握著門把佇立在門口，忍不住深深吸了口氣，讓這一襲風吹散上班一天的疲憊。「叮噹——」手機的鈴聲忽然響起，順手往前一推，關上了門，蕭志傑拿起手機查看，在偌大的客廳中，微光映照著他嘴角上揚的臉龐。

來自慈大附中學生的臉書分享寫著「讀慈中的孩子有爸媽疼，很值得」，蕭志傑嘴裡唸唸有詞這幾個字，隨手按了牆上開關，室內明亮的燈光正如他此時內心的感動與溫馨感受。

蕭志傑雙指在手機面板上不停起落，在臉書上留言「我們一直都在」，隨著嵌入手機的每一字，他嘴邊的紋路愈來愈深，嘴腮子也漸漸鼓起；此時，蕭志傑再次感到眼睛「刺刺的」，就像十多年前的那一種感覺……。

慈濟因緣 水到渠成

二〇〇五年，南臺灣的冬陽暖和和的，總叫人忘了是歲末寒冬的季節。剛服完兵役退伍的志傑，應在義守大學應用英文系就讀時的家教學生邀請，參加慈濟歲末祝福活動。

在高雄商業學校校園裡，映入眼簾的盡是穿著旗袍、臉上掛著笑容，端莊有禮的太太、小姐們，志傑對這一切，心中有了「美妙、舒服」的感覺。

「南無本師釋迦牟尼佛，南無本師釋迦牟尼佛……」佛號聲飄揚在會場，志傑頓時感到莫名的平靜與溫馨。坐在第三排的志傑，看著螢幕上正在播出「慈濟大藏經」影片的畫面，慈濟人救災膚慰的身影，從一月開始，接續著一整年國內外的天災人禍，配合著生動的旁白，有如身歷其境，無比震撼，突然眼睛有了「刺刺的」感覺。

活動結束後，因為感動而美妙的觸動，他依著慈濟志工的引導在一張印上「人間菩薩大招生」斗大標題的小小紙條上填下自己的資料；雖然，志傑不懂什麼是「人間菩薩」，但肯定這能夠實現自己從小就想要「做好事、獻愛心」的心願，不只是會員而已，應該可以更親近慈濟、了解慈濟。

參加歲末祝福之後的某一天，不待慈濟人找他，因緣自然遇上志傑，漫步在平日熟悉不過的街道上，隨意往右一看，路的盡頭看到一個似曾相識的圖騰。「啊！是慈濟！」原來這麼近，過去怎麼都擦身而過，視而不見！他往前仔細一看，「……歡迎您的加入」海報上這幾個字，特別引人注目。志傑趨前詢問，搭起了通往慈濟的橋樑；開始在社區做志工，而應邀到花蓮整修竹軒，更讓他愛上花蓮的好山好水，當下默默自許要考慈濟大學的研究所。

「志傑師兄，我幫你上網查了，你考上慈濟大學研究所了！」電話那頭，慈濟委員高揚的聲音，捎來好消息。「九月你到學校報到，剛好回去尋根，真是好因緣啊……」

初為人「父」　尷尬相見歡

二〇〇七年秋高氣爽時節，二十五歲的志傑再次進校園成為學生，並完成「尋根之旅」；同年年底受證慈誠，向承擔慈濟志業再邁進一步。

在教育志業體的水懺演繹中，志傑爸爸為執行團隊成員之一。（上）
志傑爸爸在慈濟冬令發放活動中為照顧戶彈奏一曲（下）

志傑從小的志願就是成為一位作育英才的老師；二〇一三年，在關渡園區巧遇熟識的慈濟委員李素蘭與他分享「慈誠爸爸、懿德媽媽」的功能，陪伴就讀慈濟各級學校的學生，並邀約他報名加入。志傑很歡喜但卻也不禁猶豫，擔心自己年齡與大學學生相仿，不知該如何當他們的「爸爸」。

「沒關係啦，幫你報名做慈大附中國中部的爸爸啦！」當時就因為素蘭這句話的鼓吹，志傑才欣然報了名。

「噹噹——噹噹——」上下課鐘聲在慈大附中響起，十來位慈濟志工，在教室裡與三十多位來自各地青春洋溢的學子齊聚一堂。

剛步入而立之年，初為人「父」的志傑面對這一群莫名要稱外人為「爸爸、媽媽」的學生們，還是有點不知所措，顯得有些尷尬，但不忘要面帶微笑、展露親切。

亦兄亦友相伴

一個月一次的慈懿日家聚，在學校教室裡，慈誠爸爸及懿德媽媽總是使出混身解數，安排教材與「孩子」互動，志傑更展現記者的本能，仔細觀察、間接詢問與關心，把他們當作弟妹、朋友看待，以貼近他們的心，拉近彼此的距離。

活潑、年輕的志傑，都會主動「出擊」，平常在臺北用電話、臉書、LINE與家長及同學聯繫，聽聽家長的訴求，了解學生在想什麼；每次家聚，總會看到他的身影穿梭在同學間噓寒問暖，主動拉近與同學的距離。

一聲聲柔軟的呼喚，「志傑、志傑……」從校園中傳來，愈來愈近，同行的慈誠懿德爸爸媽媽感到詫異，但志傑卻一點也不為意，甚至暗自竊喜。一個高瘦的身影飛奔而來，煒暄迫不及待到校門口迎接志傑。

年輕的志傑以兄長之姿與同學相處，班上同學總是稱呼他「志傑哥」，唯有煒暄這個孩子就喜歡繞著他，黏著他「志傑、志傑」親暱喊著。

「志傑、志傑，暑假家訪你有到同學家，可是沒來我家，我想要你的電話號碼……」回到教室，煒暄撒嬌地抱怨著。

「你在哪裡？」、「你在做什麼？」自此，總是有來自山頭那一方的問候捎來。

從小在美國長大的煒暄，平常習慣以親密的肢體動作與直接毫無保留的語言表達自己的情緒與想法；或許是家中三個孩子中唯一的男孩，爸爸也長年在中國大陸工作不在身邊，自然把投緣的志傑當兄長般依賴。

鼓勵親近同儕 身教境教並進

「志傑，下次慈懿日前一天，你先到我家好不好，那我們就可以先聊聊天，還有……」煒暄自顧自地計畫下次慈懿會。志傑看在眼裡，「甜」在心裡，但擔心會造成家長的不便與困擾，只好婉轉拒絕。無數次的邀約，煒暄在這件事上，總是特別堅持、不放棄，一次又一次邀約；志傑也看著他得不到同意時一次次的失落，而感到心疼。

「你邀我到你家，要經過媽媽同意喔！還有，你也可以邀同學一起去。」志傑拗不過煒暄百般的邀請，再也不忍給予否定的答覆，同時想鼓勵他多與同齡的同學多多互動往來。爾後，無數次慈懿日的前一天，志傑總是有特定的一個夜晚，能貼近觀察這個「軟軟的、溫溫的」孩子，讓他在熟悉的環境裡盡情地與同學相處嬉鬧，進而彼此有了好多、好多溝通聊天的話題。

說不出口的離情

楓，紅綠交替，時間無聲無息流逝。

「志傑，七月我們要回美國了……」煒暄在電話那頭，淡淡地說著，電話這端的志傑，也感染了些許的離愁。

當知道家人的決定後，煒暄迫不及待通知志傑；而後，志傑也在每次與他的通話中，提醒他通知大家行程，以便到機場送行。

「媽媽，我可不可以告訴志傑我們班機時刻，邀他來機場再看一看啊！」確認出國日期後，煒暄一再徵詢媽媽的意見；媽媽明白他想見志傑的心意後一再鼓勵他，但最後，他始終未撥出這一通電話。

排除萬難的送行

「志傑，晚上十點多的飛機，我們要回美國了！」近中午時刻，正在臺北捷運上的志傑聽到熟悉不過卻又帶些陌生、傷感的聲音。「你……」志傑在隆隆的行車聲中，等待著煒暄。「你可不可以來機場……」煒暄終於把在腦裡打轉，含在口中的話完整地說出。

「哦，到現在才告訴我！早就跟你說一定要提早說，我要邀全班的爸爸媽媽還有同學到機場送你。」儘管輕鬆玩笑式地說著，但志傑心中卻有些著急。今天是值班日期，上班時間一直持續到晚上十點半。老天成全，當天志傑沒有外出跑新聞，待在辦公室裡，他電話不停地打，重複說著一樣的內容：「今天晚上煒暄搭十點半的飛機到美國，我們一起到機場送他……」

手機上通話記錄已經往下移動了一頁又一頁，蕭志傑終於邀請到

年輕的志傑爸爸（右二）是大愛電視臺的新聞記者，工作雖忙，仍非常投入慈懿會的活動。

住桃園的懿德媽媽周淑女抱著孫女，以及也住桃園的學生丞修，組成親友團來送行。

拜託同事代班後，志傑匆匆搭捷運、轉火車到桃園火車站，再由周淑女接駁前往。此時心中放下石頭的志傑卻被周淑女一聲「啊——慘了！」嚇出一身冷汗；「走錯路了。」她接續的這句話，讓志傑如同熱鍋上的螞蟻，坐立難安，他頻頻看著手腕上的錶一分一秒過去，心也隨著加速。一個多小時過去了，終於開上了「正軌」，一行人終於在九點多鐘到達機場。

珍惜緣起 把握當下

那樣的場景，和煒暄離開時頻頻回頭的模樣，再次浮現在志傑眼前，不知不覺間，眼睛「刺刺的感覺」更加明顯。志傑再低下頭，指尖在手機上寫下了「緣」字，這是他詮釋與煒暄這三年來的情分。

莞爾笑了笑，志傑自言自語：「哇！三年過去了，好快！又是一個新的開始，一個緣起。」

學佛、吃素多年，「一切隨緣、活在當下」是志傑的生活哲學，沒有太多的思緒去設想以後孩子們是否記得，但看到他們三年來的改變與成長，也發現自己的步伐，在感動中慢慢調整，更加穩健成熟。

走入你的內心世界

撰文：李志成

時序入秋，夜晚不再悶熱，大愛電視臺攝影記者邱品豪坐在客廳沙發上，與剛清理完廚房的太太，一邊啜飲著熱茶，一邊觀看大愛新聞；因為工作需要輪班或隨時待命的關係，他特別珍惜每一個可以和家人共聚的時光，特別是享受溫馨的夜晚。

一臉稚氣的品豪，就像鄰家的大男孩，畢業於銘傳大學大傳系，退伍後即進入慈濟基金會人文志業發展處影視組工作，一九九八年大愛臺成立，任職於新聞部，隔年與太太舉家前往美國路易斯安那州紐奧良大學唸書，學習電影製作。媽媽早在一九八九年即受證慈濟委員，從小耳濡目染，品豪很自然地在大學時期就參加慈青社；生活中習慣有慈濟的他，在美期間經常到位於加州的慈濟美國總會，擔任人文真善美影視志工。

在美國居住十年後，因為一片孝心，放心不下身體不佳的父親，品豪決定返臺。再度進入大愛電視臺新聞部工作。由於臺內文字記者蕭志傑的引荐，品豪也跟著加入慈大附中慈懿會，擔任高中部的「慈誠爸爸」。

被叫「爸爸」的「哥哥」

這「爸爸」一當下來，轉眼已經三年多，回想一路走來，對他確實是極大的考驗，個性內斂，初次面對一群沒有血緣的「弟弟、妹

品豪爸爸是專業的攝影師，時常隨著大愛臺新聞團隊，到海內外各地採訪。

妹」，心裡著實有點不知所措，尤其要當他們的「爸爸」，更令品豪慌了手腳。正值叛逆期的高中生，心裡想些什麼？很難捉摸；如何親近他們、走入他們的世界，是他每個月一次與他們相聚的功課只能藉著身為記者觀察到的社會現象，以及三十多年來的人生經驗，與他們誠心地分享。

「爸爸，你現在有空嗎？」家聚時，品豪正專注聽著講臺上同學分享，突然間真真拉他的手詢問；他隨即回頭，看到一張無辜求助的表情，便隨著她到教室一旁的角落。

「爸爸，我心情不好！」品豪瞪大眼睛，等待她說出心裡的話。

「我第一次離開家，還沒辦法適應環境！我覺得很苦惱，很想放棄，是不是休學回家算了！」

對於孩子們的分享與問題，不擅言辭的品豪，總是專注傾聽，並於事後與其他爸爸、媽媽討論，在適當場合或是臉書上給予孩子最好的建議與回應。

「剛到一個新的環境，不習慣是正常的。」品豪回應真真的苦惱，「不過，妳應該想想為什麼要來讀慈中喔！試著與同學互動、相處，慢慢去適應。」

真真只是其中一個例子，孩子們是正值叛逆期的高一新生，不服學校種種規定；還有家長各種疑慮的提問；品豪一開始又與孩子們有鴻溝般隔閡的陌生關係，不知如何親近、相處……所有的狀況，都讓他心裡充滿挫折感。

每回結束花蓮的家聚回到臺北，他總在夜深人靜時，思索著如何走入同學們的世界，如何拉近彼此間的距離，幫助他們解決疑惑；如何善盡責任，做好與家長和學校的橋樑！

挫折無數，問題又不一定能馬上解決，品豪只能利用時間換取成效，用盡最大的誠意和努力來陪伴這群孩子，果真在這三年間，讓他換到了這一群孩子可貴的轉變與成長，自己也有所領悟。

相處之道「感恩、尊重、愛」

十歲即隨父母從屏東搬到臺北，每每看到媽媽忙於慈濟志工的工作，經常百思不解，「媽媽忙進忙出，真不知道在幹嘛！」心裡一直有很多的問號，直到自己接觸慈濟，從參與、投入，漸漸能夠理解媽媽的忙碌，其實都是在為苦難的世間而奔走。

二〇一一年，品豪從辦公室的茶水間走出來，巧遇迎面而來的大愛臺新聞部經理葉樹姍。

「要不要來培訓啊？」葉樹姍誠摯邀約他。

「好啊！」上司的一句話讓他不好意思拒絕，也沒時間思索，馬上答應，從此，為自己開啟一扇走進慈濟世界的大門。

隔年，品豪受證成為慈誠，證嚴法師的生活智慧——「感恩、尊重、愛」這幾個字，便深深烙印在他的心裡；當自己因為個性因素，遇到無法圓融化解的事情時，總會細細思索這幾個字的含意，從而化解許多難題，特別是在與孩子們的相處上。

在慈懿會的經營上，品豪學習以尊重的態度，面對孩子們初期的冷漠與疏離；試著扮演家長與孩子之間、孩子與學校，以及學校與家長之間的橋樑；也開始學習主動關懷並了解孩子的需求，成為他們情感表達的「出口」，漸漸獲得孩子們的信任。

於是，孩子們升上高二後，每一次「慈懿日」相聚，他們的出席率已有八成，品豪與孩子們的話題也更加多元而熱絡。

「爸爸，送你！」每次家聚時，總有意外的驚喜。剛過完暑假，孩子就送上卡片，品豪掩不住心中的喜悅，接收了孩子遞過來的卡片，上面寫著：「祝福爸爸生日快樂！」卡片上並畫著一位背著攝影機的記者，這讓品豪十分感動。闔起孩子專門為他「設計」的卡片，不輕易表露情感的他，輕輕地說了聲：「謝謝喔！」並拍一拍孩子的肩膀，心裡卻洋溢著無限的歡喜，有股衝動想要趕快回家與太太分享。

送舊迎新 爸爸的愛都在

時光似箭，日子一天天過去，當春風再次吹拂過校園，肉桂樹飄起陣陣的香氣，品豪和孩子們的情感也更加濃密；再不久，校園內驪歌揚起，孩子間的話題開始圍繞著即將面臨的升學壓力。

「爸爸，我想唸慈濟大學的傳播系，你看好不好，將來跟你一樣喔！」小宇從遠處跑過來，拉著品豪的手，瞇著眼露出一臉疑惑，向他徵求意見。

品豪帶著小宇找了兩張椅子坐下來，半開玩笑地對他說：「傳播系不好混，將來不一定會有好前途喔！」不過，小宇還是很嚮往，以慈濟大學大眾傳播系為目標。

一路走來，看見小宇的轉變，品豪心裡既安慰又很有成就感。小宇在高一時，是一位令學校頭疼的人物，時常搞怪，總有一些令人料想不到的主意與作為，譬如把兩張書桌併起來在寢室裡打桌球，類似這樣出人意表的舉動，總是層出不窮。後來，甚至被學校記過懲罰，家長也常常為了他的問題，打電話請求協助。為此，品豪偕同班上的慈懿爸媽們一路陪伴、關心與導正，慢慢地將孩子的心打開了，在畢業前，小宇還幫忙策劃畢業典禮活動節目，表現相當優秀。三年來，經過學校、家長與慈懿會的共同陪伴和自己的努力，孩子已經長大，完全蛻變成另一個人。

高三是人生的一個分界點，即將走入另一段旅程，面對未知的前

品豪爸爸與班上的慈懿爸媽們一起為孩子慶生，送上生日禮物，給予祝福。

途，除了小宇外，班上其他孩子的心緒也開始浮動起來，孩子的想法雖然更趨獨立，但對事情往往難以窺其全貌就急於下判斷，不免流於情緒性的反抗；品豪在孩子的臉書上看出端倪，字裡行間常出現面對大考的壓力及諸多人、事的不滿與情緒。

品豪把學生的問題貼在慈懿會的LINE群組上一起討論，找出解決的方案；並在學生的臉書上適度表達意見以化解歧見，而慈懿爸媽們也在家聚的教案上用心特別設計，給予孩子們正確的觀念，期待他們未來在社會上要成為一股正面的力量。

承擔慈誠爸爸這三年多來，品豪一天到晚為別人家庭的孩子牽腸掛肚，自家也有妻兒的他，每每在下班時看到唸國中一年級的女兒在書房裡寫功課，心中深有感觸，明白自己的女兒將與那些慈懿孩子們一樣，也將面臨青春、叛逆時期。經過在慈大附中這三年的學習，他愈來愈能敏感地理解女兒的想法、心情的轉折和成長的蛻變，品豪感恩那些孩子讓自己更知道應該如何與女兒相處，讓他學會懂得在適當的時機裡，給予女兒適時的建議與關懷。

看完大愛新聞，關上電視，品豪一口氣把餘茶喝完。他告訴太太，明天又是慈懿會的「家聚」日，學校剛開學，舊生已畢業離校，新生即將到來，初次見面，他必須先瞭解一下這些新來的孩子的背景，為明天的「家聚」做足準備。

走進書房，品豪的目光先轉向書桌上一張「大家庭」的合照，他瞇著眼，咧著嘴細細盯著每一個人，腦海中浮現出一個個熟悉的身影，小宇、真真……他的心是溫暖的，眼眶是濕潤的，「孩子的心中有我們！」品豪心裡踏實篤定。明天，他已準備好迎接另外一群年輕的孩子們……。

學生給慈懿會爸爸媽媽的一封信

1

親愛的爸爸媽媽，還記得國一剛來到學校時，懵懂無知的樣子，第一次的相見歡，看到您們總是笑口常開，又那麼有活力，讓剛來到新環境的我，像回到家一樣安心，可以自然的和您們相處、擁抱，像是多了好幾個爸媽。

回憶慈中六年生活，每月一次的慈懿日，總是最期待的，短短兩節課，整個校園充滿了笑聲。每次爸爸媽媽來看我們，都會帶著自己滷的豆干、滷蛋，豆干多汁又甘甜，還有滷汁淡淡的鹹味，真的是我吃過最好吃的豆干，裡面裝滿了媽媽的愛心，那是回憶中最美的味道。

高二時分班進了知足班，第一次的慈懿日，每位爸爸媽媽都上臺自我介紹，其中有一個媽媽說，因為她沒有孩子，當她知道慈中有慈誠懿德會時，就決定要來參加，希望每個月都能回慈中看她的孩子們。當我聽到她的分享時，心裡立刻出現了一句話：「媽媽，我想要當您的女兒！」從那時候開始，每次看到這位媽媽我都會跑過去抱她，雖然那句話始終沒有說出口……

大一新生訓練時，在靜思堂偶遇了這位媽媽，我立刻衝過去抱住她，真的很開心能夠遇見媽媽。我很幸福，生命中能有這麼多貴人，希望下次見面時，跟媽媽說：「媽媽，我愛您，謝謝您把我當您的孩子一樣對待，有您這位媽媽，我很幸福！」

——第十一屆　費品玗（現為慈濟大學學生）

2

初進慈中時，我帶著害羞和內向的心來到了這個新的地方，雖然隔著一座山脈就是彰化，我的家，但一趟路要回去卻不是那麼容易，當時看著一張張陌生的臉孔，害羞的我，臉常常像在火爐旁般的脹紅，呼吸也像是細菌在冷凍庫裡，緩慢地減少活動，好不讓別人發現我。即使開學一個月了，我也只跟同寢的室友比較熟，直到慈懿爸爸媽媽的到來，改變了一切。

慈懿爸爸媽媽們用溫柔的言語和我們分享一個個真實人生的故事，將其中的寓意、疼愛我們的心意傳達了出來。無形中，那分愛拉近了我與同學的距離，我也將對慈懿爸爸、媽媽的感恩，放在我心中第一的位置，而一個月一次的慈懿日是我引頸期盼的日子，每次相聚後都捨不得他們離開。

升上高二的那一天，我到了新的班級，看著一張張看過卻依舊陌生的臉孔，心中那孤獨的感覺油然而生，而新班級的慈懿爸爸媽媽會不會不太照顧我呢？這個想法在第一次見到爸爸、媽媽時，就被我拋在腦後了，爸爸、媽媽們不只沒有不照顧我，反而把我當作親生兒子一樣對待，讓我在短短的兩小時中，心很幸福、口有口福，身心靈都充滿著愛的味道，我想這就是被愛最真實的感受吧！

後來的兩年真的發生了很多事情，許多事情都是只能意會不能言傳，更別說用寫的了，倘若真的叫我寫，即使沒有百科全書的厚度，至少也能寫出一本《十萬個為什麼》，但唯有和爸爸、媽媽相處的過程中，他們對我的愛，沒有任何的疑惑，無微不至的照顧，讓我始終有著滿滿的感動。

——第十一屆 徐子皓（現為大同大學學生）

3

在慈中六年，每個月的慈懿日都是我最期待的日子，不只能看到爸爸媽媽們，能和他們撒撒嬌，還有好多好吃的點心、水果。

當自己被好多的爸爸媽媽圍繞著，頓時覺得自己彷彿像小公主般幸福，而這種幸福，是只有慈中的學生才享受得到的。但幸福日子總是過得特別快，我已從在校生成為畢業生，並選擇高雄的大學就讀，遠從北部南下的我，對高雄這個新環境不免覺得陌生和些許的緊張，不過我很幸運的，在高雄找到了我的家人——我國中時的懿德媽媽。

原本以為自己已經失去了以前在慈中那樣被照顧得無微不至的「權利」，但透過網路的一封訊息，我和我的「母親」重逢了！四年不見，她還是一樣在見面時給我熱情的擁抱，就像招待久沒回家的女兒般，興奮地在車上討論著接下來的行程，當然，我們一樣有說不完的話、聊不完的天，累積了四年的話，彷彿在剎那之間傾瀉而出。

雖然僅有一天短短的行程，但又讓我重溫在校園時那種備受疼愛的感覺，真的好幸福！也讓我更佩服這群爸爸媽媽們的大愛，即使不在校園裡，他們依然關心著我們、愛著每個慈中的孩子，就像自己的小孩般疼愛。

回到宿舍，迫不及待地和大學室友分享與媽媽重逢的雀躍與幸福，他們不解地問道：「為什麼你有那麼多的媽媽？」這問題一提出，讓我再次發現自己是何其幸運，可以享受這麼多媽媽的愛，也讓我想為這群爸爸、媽媽無私地付出致上最敬禮。感恩有他們，讓我在滿滿的愛中成長！

——第十二屆 羅苡宸（現為義守大學學生）

4

談自己的慈誠懿德爸爸、媽媽，接到人文室的邀稿時，我沒有太多想法，自心認為和爸爸、媽媽們相處愉快，應該不難完成，但實際要下筆時，才發現不知從何說起。仔細回想我們相處的點點滴滴，雖然都是生活中的小事，但也發覺爸爸媽媽們是「滲透」在我們的生活中，成為我生命中重要的人之一。

就讀花蓮慈中六年，就讀之前，完全沒接觸過「師伯」、「師姑」，但不知道為什麼，也許是他們的親切感，讓我輕易地就被他們收服，稱呼他們為「爸爸」、「媽媽」。

我母親說，我是個倔強的女孩，什麼事情都不跟她說（指不開心、負面的事），長大後也發現，確實，我不喜歡讓父母擔心，不過，不舒服的心情總要排解。國中時期慈懿會的爸爸、媽媽，就成為我人生最難搞、青春期時候的傾訴對象，我會跟他們訴說一堆無關緊要，但對當時的我來說卻是大事的事情，雖然現在已完全不記得那些「大事」是什麼，但好在有他們的陪伴，拯救我那時易碎的玻璃心。

上高中後，經歷一年在國外的「心靈強健課程」後，我懂得放過那些「大事」，學習承擔真正的大事。雖然有些心情仍難以排解，會覺得煎熬，加上我變得更加倔強，所以我依然不太任意對爸爸、媽媽們「討拍」（意指：取得他人的同情、安慰。），因此高中三年來，我不曾對爸爸、媽媽們哭訴，只扮演著讓他們安心的角色。直到上了大學，身邊能夠依賴的人減少，心情累積到了某個時刻，無力承擔時，我更意識到自己的脆弱，即使平時不會展現，但遇到這些溫暖的人，眼淚就會不經意落下。爸爸、媽媽們不曾強迫我說我怎麼了，只會拍拍我的背、握著我的手或是抱抱我，讓我哭泣。我很感謝他們扮演著這樣的角色，讓我提醒並督促自己前進。

要說自己和爸爸媽媽之間有什麼情感呢？其實我自己也說不出一

個完整的故事，因為他們所做的不是能夠被頒獎紀念的大事，卻是貼近心又溫暖的小事。三不五時的一個問候、支持你做的事情，或是適時給你一個擁抱，這動作或許簡單，卻是最堅定、最溫柔而且永遠不會改變的力量。

畢業兩年多了，不再每個月與爸爸、媽媽相聚，但我卻記得他們每個人的臉和名字，因為他們總是盡力出現在我們生命中，緊緊地把我們放在他們的生活圈中，也把整個班級聯繫在一起，我與他們的感情、我與班級的感情，都因為慈誠懿德而緊緊相繫。

我想，未來該是由我們主動，讓緣分不斷、讓感情不滅、讓我們當一輩子的家人。

——第十一屆 賴心樺（現為世新大學學生）

慈大附中慈誠懿德會大事記

二〇〇一年五月四日　慈大附中慈誠懿德會成立，首屆遴選慈誠爸爸及懿德媽媽共一百零二位。

二〇〇二年九月十四日　慈大附中慈誠懿德會成立駐校值班室，每日有慈誠爸爸、懿德媽媽到校輪值，關懷陪伴學生。

二〇〇三年六月十四日　慈誠懿德會首次舉辦慈大附中畢業感恩晚會。

二〇〇三年九月二十六日　慈誠懿德會首次舉辦慈大附中敬師活動。

二〇〇四年五月二十八日　慈大附中首次舉辦慈誠懿德感恩餐會，同日舉行浴佛典禮。

二〇〇七年七月二十日　慈大附中校長與慈誠爸爸、懿德媽媽跨海至馬來西亞進行學生家庭訪問。

二〇〇九年八月二日～八月十五日　慈大附中師生三十四人與慈誠懿德會五人赴星馬進行海外人文體驗活動。

二〇一一年一月八日　慈大附中頒獎表揚第一屆滿十周年慈誠爸爸、懿德媽媽。

二〇一一年六月十日　慈大附中首次由畢業生為師長及慈誠爸爸、懿德媽媽舉辦畢業感恩晚會。

二〇一五年

屆滿十五周年　慈誠爸爸、懿德媽媽名單

廖純敏、鄭淑月、黃秀吟、張廣輝、林惠玉、謝惠芬、柯玉貞、楊彬、傅秀美、洪若岑、張孝宜、施義松、郭美君、謝淑惠、莊慧敏、楊梅汶、古德美

二〇一五年

歷屆屆滿十周年　慈誠爸爸、懿德媽媽名單

第一屆（二〇〇一年）

洪若岑、謝淑惠、洪彩霜、黃秀吟、柯玉貞、呂麗玉、鄭淑月、謝惠芬、何澤美、施義松、張孝宜、莊慧敏、林慮育、黃海祥、林淑媛、郭美君、陳秀蘭、洪雅玲、楊彬、林惠玉、張廣輝、蘇茂德、李曼麗、楊梅汶、傅秀美、廖純敏、古德美。

第二屆（二〇〇二年）

陳月霞、張金枝、林桂慧、林美英、鄭月素、林慈明、鄭春黎、鄧秋蘭、陳勝仁、葉惠美、謝月琴、石美英、楊文泰、施錫銘、蔡美玉、李玉嬌、林汝英、黃美秀

第三屆（二〇一三年）

白美貴、吳莉雯、周佳蓉、周延馨、周孫豐、林長福、張金滿、張淑芳、梁美珠、郭木童、郭秀琴、陳秋鑾、陳新福、陳鄭惜、周朱枝、黃銘水、黃麗香、楊密、蔡必成、蔡明莉、盧妍希、蘇于芳、郭黃美玉

第四屆（二〇一四年）

黃綉滿、王美滋、王慧觀、王寶珠、李玉英、洪月霞、洪圳英、洪浚圭、許淑蘭、郭素微、陳美惠、陳榮忠、游麗釗、蔡水武、蔡雅智、蔡春來

第五屆（二〇一五年）

周坤英、廖麗燕、陳美華、張美雪、許秀梅、沈月影、鄭素惠、程素翠、邵復元、王惠敏、鄭素月、黃志清

第六屆（二〇一六年）

楊碧芬、陳澤良、張含笑、洪愷憶、沈月雪、楊棠銘、郭榮欽、張庭禎、呂美智、毛明華、楊素玲、陳厚雲、吳麗花、李黃秀英、陳玲莉、劉啟光

這一刻的愛 |慈大附中慈誌15紀實|

作　　者／李志成、沈瑛芳、邱蘭嵐、洪綺伶、高玉美、涂鳳美、高肇良、陳秋華、曾美姬、張麗雲、彭鳳英、楊吉美、潘俞臻、劉　對、蔡翠容、盧筱涵、謝舒亞（按姓名筆畫排序）

發 行 人／王端正
總 編 輯／王志宏
叢書編輯／何祺婷、黃政榕
美術指導／邱金俊
美術編輯／林家琪

總 策 劃／李克難（慈濟大學附屬高級中學校長）
何日生（慈濟基金會人文志業發展處主任）
出版統籌／吳旬枝（慈濟大學附屬高級中學人文室主任）
洪若岑（慈濟大學附屬高級中學慈誠懿德會合心幹事）
賴睿伶（慈濟基金會人文志業發展處）
編 輯 群／吳旬枝、許譯云（慈濟大學附屬高級中學人文室）
賴睿伶、黃基淦、羅世明、吳瑞祥（慈濟基金會人文志業發展處）
圖像協力／慈濟基金會人文志業發展處、慈濟大學附屬高級中學人文室提供
出 版 者／財團法人慈濟傳播人文志業基金會
地　　址／臺北市北投區立德路 2 號
電　　話／ (02)28989991
劃撥帳號／ 19924552
戶　　名／經典雜誌
製版印刷／禹利電子分色有限公司
經 銷 商／聯合發行股份有限公司
地　　址／新北市新店區寶橋路 235 巷 6 弄 6 號 2 樓
電　　話／ (02)2917-8022
出版日期／ 2015 年 11 月初版
定　　價／新台幣 380 元

ISBN 978-986-6292-68-2

Printed in Taiwan

國家圖書館出版品預行編目 (CIP) 資料

這一刻的愛 / 慈濟人文真善美志工等著. -- 初版.
-- 臺北市：經典雜誌，慈濟傳播人文志業基金會，
2015.11 312 面；15×21 公分
ISBN 978-986-6292-68-2(平裝)
855　　104021988